RECUEIL
DE PIÉCES
EN VERS
ET
EN PROSE,

Par l'Auteur de la Tragédie de Sémiramis.

A AMSTERDAM.

M. DCC. L.

AVERTISSEMENT
DE
L'EDITEUR.

Les trois Discours suivans sont de l'année 1734. Les trois derniers sont de l'an 1736.

Le premier Discours prouve l'égalité des conditions ; c'est-à-dire, qu'il y a dans chaque Profession une mesure de biens & de maux, qui les rend toutes égales.

Le second, que l'homme est libre, & qu'ainsi c'est à lui à faire son bonheur.

Le troisiéme, que le plus grand obstacle au bonheur, est l'envie.

Le quatriéme, que pour être heureux il faut être modéré en tout.

Le cinquiéme, que le plaisir vient de Dieu.

Le sixiéme, que le bonheur parfait ne peut être le partage de l'homme en ce monde, & que l'homme n'a point à se plaindre de son état.

Ces Piéces sont ici réimprimées fort différentes des précédentes éditions.

PREMIER DISCOURS.

DE L'ÉGALITÉ DES CONDITIONS.

AMi, dont la vertu, toujours facile & pure,
A ſuivi par raiſon l'inſtinct de la nature,
Qui ſais à ton état conformer tes deſirs,
Satisfait ſans fortune, & ſage en tes plaiſirs :
Heureux qui, comme toi, docile à ſon génie,
Dirigea prudemment la courſe de ſa vie ;
Son cœur n'entend jamais la voix du repentir :
Enfermé dans ſa ſphère, il n'en veut point ſortir.
Les états ſont égaux, mais les hommes différent;
Où l'imprudent périt, les habiles proſpèrent :
Le bonheur eſt le port où tendent les humains.
Les écueils ſont fréquens, les vents ſont incertains,

Le ciel, pour aborder cette rive étrangère,
Accorde à tout mortel une barque légère.
Ainſi que les ſecours, les dangers ſont égaux,
Qu'importe, quand l'orage a ſoulevé les eaux,
Que ta poupe ſoit peinte, & que ton mât déployе
Une voile de pourpre & des cables de ſoye?
L'Art du pilote eſt tout; & pour dompter les vents
Il faut la main du ſage, & non des ornemens.
Eh quoi! me dira-t-on, quelle erreur eſt la vôtre!
N'eſt-il aucun état plus fortuné qu'un autre?
Le ciel a-t-il rangé les mortels au niveau?
La femme d'un commis, dans le fonds d'un bureau,
Vaut-elle une princeſſe auprés du thrône aſſiſe?
N'eſt-il pas plus plaiſant pour tout homme d'Egliſe,
D'orner ſon front tondu d'un chapeau rouge ou verd,
Que d'aller, d'un vil froc obſcurément couvert,
Recevoir à genoux, après laude ou matine,
De ſon prieur cloîtré vingt coups de diſcipline?
Sous un triple mortier n'eſt-on pas plus heureux,
Qu'un clerc enſeveli dans un greffe poudreux?

Non; Dieu feroit injufte, & la fage nature
Dans fes dons partagés garde plus de mefure.
Penfe-t-on qu'ici-bas fon aveugle faveur
Au char de la fortune attache le bonheur?
Un jeune colonel a fouvent l'impudence
De paffer en plaifirs un Maréchal de France.
Etre heureux comme un Roy, dit le peuple hébêté,
Hélas pour le bonheur que fait la Majefté?
En vain fur fes grandeurs un monarque s'appuie,
Il gémit quelquefois, & bien fouvent s'ennuie.
Dieu voit d'un œil égal tous les faibles humains
Nés du même limon façonné par fes mains.
Admirons de fes dons le différent partage;
Chacun de fes enfans reçut un héritage:
Le terrein le moins vafte a fa fécondité,
Et l'ingrat qui fe plaint eft feul deshérité.
Poffédons fans fierté, fubiffons fans murmure
Le fort que nous a fait l'Auteur de la nature.
Dieu, qui nous a rangés fous différentes lois,
Peut faire autant d'heureux, non pas autant de rois.

On dit qu'avant la boëte apportée à Pandore,
Nous étions tous égaux; nous le fommes encore.
Avoir les mêmes droits à la félicité,
C'eft pour nous la parfaite & feule égalité.

Vois-tu dans ces vallons ces esclaves champêtres,
Qui creusent ces rochers, qui vont fendre ces hêtres;
Qui détournent ces eaux; qui, la bêche à la main,
Fertilisent la terre en déchirant son sein?
Ils ne sont point formés sur le brillant modéle
De ces pasteurs galans qu'a chantés *Fontenelle*.
Ce n'est point *Timarette*, & le tendre *Tyrcis*,
De roses couronnés, sous des myrthes assis,
Entrelassant leurs noms sur l'écorce des chênes,
Vantant avec esprit leurs plaisirs & leurs peines.
C'est Pierrot, c'est Colin, dont le bras vigoureux
Souleve un Char tremblant dans un fossé bourbeux:
Perrette au point du jour est aux champs la première.
Je les vois haletans, & couverts de poussière,
Bravant dans ces travaux, chaque jour répétés,
Et le froid des Hyvers, & le feu des Etés.
Ils chantent cependant; leur voix fausse & rustique
Gayement de *Pellegrin* détonne un vieux Cantique.
La paix, le doux sommeil, la force, la santé
Sont le fruit de leur peine & de leur pauvreté.

Si Colin voit Paris, ce fracas de merveilles
Sans rien dire à ſon cœur aſſourdit ſes oreilles:
Il ne deſire point ces plaiſirs turbulens;
Il ne les conçoit pas, il regrette ſes champs.
Dans ſes champs fortunés l'amour même l'appelle,
Et tandis que Damis, courant de belle en belle,
Sous des lambris dorés, & vernis par Martin,
Des intrigues du tems compoſant ſon deſtin,
Duppé par ſa maîtreſſe, & haï par ſa femme,
Prodigue à vingt beautés ſes chanſons & ſa flâme;
Quitte Æglé qui l'aimoit, pour Cloris qui le fuit,
Et prend pour volupté le ſcandale & le bruit;
Colin, plus vigoureux, & pourtant plus fidelle,
Revole vers Liſette en la ſaiſon nouvelle.
Il vient, après trois mois de regrets & d'ennui,
Lui préſenter des dons auſſi ſimples que lui.
Il n'a point à donner ces riches bagatelles
Qu'*Hébert* vend à crédit pour tromper tant de belles.
Sans tous ces riens brillans il peut toucher un cœur;
Il n'en a pas beſoin: c'eſt le fard du bonheur.
L'Aigle, fiere & rapide, aux ailes étenduës,
Suit l'objet de ſa flâme, élancé dans les nuës.

Dans l'ombre des vallons le taureau bondiſſant,
Cherche en paix ſa geniſſe, & l'aime en mugiſſant.
Au retour du Printems la douce Philoméle
Attendrit par ſes chants ſa compagne fidéle ;
Et du ſein des buiſſons, le moucheron léger
Se mêle, en bourdonnant, aux inſectes de l'air ;
De ſon être content, qui d'entr'eux s'inquiette
S'il eſt quelqu'autre eſpéce, ou plus ou moins parfaite ?
Et qu'importe à mon ſort, à mes plaiſirs préſens,
Qu'il ſoit d'autres heureux, qu'il ſoit des biens plus grands ?
Mais, quoi ! cet indigent, ce mortel famélique,
Cet objet dégoutant de la pitié publique,
D'un cadavre vivant traînant le reſte affreux,
Reſpirant pour ſouffrir, eſt-il un homme heureux ?
Non, ſans doute; & Tamas qu'un eſclave détrône;
Ce viſir depoſé, ce grand qu'on empriſonne,
Ont-ils des jours ſerains, quand ils ſont dans les fers ?
Tout état a ſes maux, tout homme a ſes revers.
Moins hardi dans la paix, plus actif dans la guerre,
Charle auroit ſous ſes loix retenu l'Angleterre,

Et *Dufresni*, plus sage & moins dissipateur,
Ne fût point mort de faim, digne mort d'un Auteur.
Tout est égal enfin : la Cour a ses fatigues,
L'Eglise a ses combats, la Guerre a ses intrigues.
Le mérite modeste est souvent obscurci.
Le malheur est par tout ; mais le bonheur aussi.
Ce n'est point la grandeur, ce n'est point la bassesse,
Le bien, la pauvreté, l'âge mûr, la jeunesse,
Qui fait ou l'infortune, ou la félicité.

Jadis le pauvre Irus, honteux & rebuté,
Contemplant de Crésus l'orgueilleuse opulence,
Murmuroit hautement contre la providence.
Que d'honneurs ! disoit-il ; que d'éclat ! que de bien !
Que Crésus est heureux ! Il a tout, & moi rien.
Comme il disoit ces mots une armée en furie
Attaque en son palais le tyran de Carie
De ses vils courtisans il est abandonné ;
Il fuit, on le poursuit ; il est pris, enchaîné ;
On pille ses trésors, on ravit ses maîtresses ;
Il pleure ; il apperçoit au fort de ses détresses,
Irus, le pauvre Irus, qui parmi tant d'horreurs,
Sans songer aux vaincus boit avec les vainqueurs.

O Jupiter ! dit-il. O ſort inéxorable !
Irus eſt trop heureux, je ſuis ſeul miſérable.
Ils ſe trompoient tous deux; & nous nous trompons tous
Quand du deſtin d'un autre, avidement jaloux,
Nous cédons à l'éclat qu'un beau dehors imprime.
Tous les cœurs ſont cachés; tout homme eſt un abîme.
La joye eſt paſſagère, & le rire eſt trompeur.
Hélas ! Où donc chercher, où trouver le bonheur ?
En tous lieux, en tout tems, dans toute la nature;
Nulle part tout entier, par tout avec meſure,
Et par tout paſſager, hors dans ſon ſeul auteur.
Il eſt ſemblable au feu, dont la douce chaleur
Dans chaque autre élément en ſecret s'inſinue,
Deſcend dans les rochers, s'éléve dans la nue,
Va rougir le corail dans le ſable des mers,
Et vit dans les glaçons qu'ont durci les hivers.
Mortel, en quelque état que le ciel t'ait fait naître,
Sois ſoumis, ſois content, & rend grace à ton maître.

DEUXIÉME DISCOURS.
DE
LA LIBERTÉ.

DAns le cours de nos ans, étroit & court passage,
Si le bonheur qu'on cherche est le prix du vrai sage,
Qui pourra me donner ce trésor précieux ?
Dépend-il de moi-même ? Est-ce un présent des Cieux ?
Est-il comme l'esprit, la beauté, la naissance,
Partage indépendant de l'humaine prudence ?
Suis-je libre en effet ? Ou mon ame & mon corps
Sont-ils d'un autre agent les aveugles ressorts ?
Enfin, ma volonté qui me meut, qui m'entraîne,
Dans le palais de l'ame est-elle esclave ou reine?
Obscurément plongé dans ce doute cruel,
Mes yeux chargés de pleurs se tournoient vers le Ciel.
Lorsqu'un de ces esprits, que le Souverain Etre
Plaça près de son trône, & fit pour le connaitre,

Qui reſpirent dans lui, qui brûlent de ſes feux,
Deſcendit juſqu'à moi de la voûte des cieux ;
Car on voit quelquefois ces fils de la lumière,
Eclairer d'un mondain l'ame ſimple & groſſière,
Et fuir obſtinément tout docteur orgueilleux,
Qui dans ſa chaire aſſis, penſe être au-deſſus d'eux ;
Et le cerveau troublé des vapeurs d'un ſyſtême,
Prend ſes brouillards épais pour le jour du ciel même.

Ecoute, me dit-il, prompt à me conſoler,
Ce que tu peux entendre, & qu'on peut révéler.
J'ai pitié de ton trouble ; & ton ame ſincère,
Puiſqu'elle ſait douter, mérite qu'on l'éclaire.
Oui, l'homme ſur la terre eſt libre ainſi que moi ;
C'eſt le plus beau préſent de notre commun Roi.
La liberté qu'il donne à tout Etre qui penſe,
Fait des moindres eſprits & la vie & l'eſſence.
Qui conçoit, veut, agit, eſt libre en agiſſant ;
C'eſt l'attribut divin de l'Etre Tout-puiſſant.
Il en fait un partage à ſes enfans qu'il aime.
Nous ſommes ſes enfans, des ombres de lui-même.

Il connut, il voulut, & l'Univers nâquit.
Ainsi, lorsque tu veux, la matiére obéit.
Souverain sur la terre, & roi par la pensée,
Tu veux, & sous tes mains la nature est forcée,
Tu commandes aux mers, au soufle des zéphirs,
A ta propre pensée, & même à tes desirs.
Ah ! sans la liberté que seroient donc nos ames ?
Mobiles agités par d'invisibles flâmes,
Nos vœux, nos actions, nos plaisirs, nos dégoûts,
De notre Etre en un mot, rien ne seroit à nous.
D'un Artisan suprême, impuissantes machines,
Automates pensans ; mûs par des mains divines,
Nous serions à jamais de mensonge occupés,
Vils instrumens d'un Dieu, qui nous auroit trompés.
Comment sans liberté serions-nous ses images ?
Que lui reviendroit-il de ses brutes ouvrages ?
On ne peut donc lui plaire, on ne peut l'offenser ;
Il n'a rien à punir, rien à récompenser.

Dans les cieux, ſur la terre, il n'eſt plus de juſtice,
Pucelle eſt ſans vertu, (a) Desfontaines ſans vice.
Le deſtin nous entraîne à nos affreux penchans,
Et ce cahos du monde eſt fait pour les méchans.
L'oppreſſeur inſolent, l'uſurpateur avare,
Cartouche, Mirivis, ou tel autre barbare,
Plus coupable enfin qu'eux, le calomniateur
Dira : Je n'ai rien fait, Dieu ſeul en eſt l'Auteur;
Ce n'eſt pas moi, c'eſt lui qui manque à ma parole,
Qui frappe par mes mains, pille, brûle, viole;
C'eſt ainſi que le Dieu de juſtice & de paix
Seroit l'auteur du trouble, & le Dieu des forfaits.
Les triſtes partiſans de ce dogme effroyable
Diroient-ils rien de plus s'ils adoroient le Diable?

J'étois, à ce diſcours, tel qu'un homme enivré,
Qui s'éveille en ſurſaut, d'un grand jour éclairé,

(a) L'Abbé Pucelle, celébre Conſeiller au Parlement. L'Abbé Desfontaines, homme ſouvent repris de Juſtice, qui tenoit une boutique ouverte, où il vendoit des louanges & des ſatires.

Et dont la clignotante & débile paupière
Lui laiſſe encor à peine entrevoir la lumière.
J'oſai répondre enfin d'une timide voix :
Interprête ſacré des éternelles loix,
Pourquoi, ſi l'homme eſt libre, a-t-il tant de
faibleſſe ?
Que lui ſert le flambeau de ſa vaine ſageſſe ?
Il le ſuit, il s'égare ; & toujours combattu,
Il embraſſe le crime en aimant la vertu.
Pourquoi ce roi du monde, & ſi libre & ſi ſage,
Subit-il ſi ſouvent un ſi dur eſclavage :

L'Eſprit-conſolateur à ces mots répondit ;
Quelle douleur injuſte accable ton eſprit !
La liberté, dis-tu, t'eſt quelquefois ravie :
Dieu te la devoit-il immuable, infinie,
Egale en tout état, en tout tems, en tout lieu ?
Tes deſtins ſont d'un homme, & tes vœux ſont
d'un Dieu.
Quoi ! Dans cet Océan, cet atôme qui nage,
Dira ; l'immenſité doit être mon partage.
Non, tout eſt faible en toi, changeant & limité ;
Ta force, ton eſprit, tes talens, ta beauté.

La nature, en tous ſens, a des bornes préſcrites,
Et le pouvoir humain ſeroit ſeul ſans limites!

Mais, dis-moi, quand ton cœur formé de paſ-
ſions,
Se rend malgré lui-même à leurs impreſſions;
Qu'il ſent dans ſes combats ſa liberté vaincuë,
Tu l'avois donc en toi, puiſque tu l'as perdue?
Une fiévre brûlante, attaquant tes reſſorts,
Vient, à pas inégaux, miner ton faible corps.
Mais, quoi! par ce danger répandu ſur ta vie
Ta ſanté pour jamais n'eſt point anéantie.
On te voit revenir des portes de la mort,
Plus ferme, plus content, plus tempérant, plus
fort,
Connais mieux l'heureux don que ton cha-
grin reclame.
La liberté dans l'homme eſt la ſanté de l'ame.
On la perd quelquefois: la ſoif de la grandeur,
La colére, l'orgueil, un amour ſuborneur,
D'un deſir curieux les trompeuſes ſaillies;
Hélas! combien le cœur a-t-il de maladies?
Mais contre leurs aſſauts tu ſeras raffermi;
Prend ce livre ſenſé, conſulte cet ami,
(Un ami, don du ciel, & le vrai bien du
ſage)
Voilà l'*Helvetius* (*a*), le *Sylva*, le *Vernage*,

(*a*) Fameux Medecins de Paris.

Que le Dieu des humains, prompt à les secourir,
Daigne leur envoyer ſur le point de périr.
Eſt-il un ſeul mortel de qui l'ame inſenſée,
Quand il eſt en péril ait une autre penſée,
Vois de la liberté cet ennemi mutin,
Aveugle partiſan d'un aveugle deſtin.
Entend comme il conſulte, approuve, délibére;
Entend de quel reproche il couvre un adverſaire;
Vois comment d'un rival il cherche à ſe venger;
Comme il punit ſon fils, & le veut corriger.
Il le croyoit donc libre? Oui, ſans doute, & lui-même
Dément à chaque pas ſon funeſte ſyſtême.
Il mentoit à ſon cœur, en voulant expliquer
Ce dogme abſurde à croire, abſurde à pratiquer.
Il reconnait en lui le ſentiment qu'il brave,
Il agit comme libre, & parle comme eſclave.
Sûr de ta liberté, rapporte à ſon auteur
Ce don que ſa bonté te fit pour ton bonheur;
Commande à ta raiſon d'éviter ces querelles,
Des tyrans de l'eſprit diſputes immortelles;

Ferme en tes ſentimens, & ſimple dans ton
cœur,
Aime la vérité; mais pardonne à l'erreur.
Fuis les emportemens d'un zéle atrabilaire,
Ce mortel qui s'égare eſt un homme, eſt ton
frere;
Sois ſage pour toi ſeul, compâtiſſant pour lui;
Fais ton bonheur, enfin, par le bonheur d'autrui.

Ainſi parloit la voix de ce Sage ſuprême;
Ses diſcours m'élevoient au-deſſus de moimême;
J'allois lui demander, indiſcret dans mes vœux,
Des ſecrets réſervés pour les peuples des cieux:
Ce que c'eſt que l'eſprit, l'eſpace, la matière,
L'éternité, le tems, le reſſort, la lumière,
Etranges queſtions, qui confondent ſouvent
Le profond (*a*) Graveſande, & le ſubtil Mairant,
Et qu'expliquoit en vain, dans ſes doctes chiméres,
L'auteur des tourbillons que l'on ne croit
plus guéres.

(*a*) Mr. s'Graveſande, Profeſſeur à Leide, le premier qui ait enſeigné en Hollande les découvertes de Nevvton.

Mr. Dortous de Mairan, Gentilhomme de Beſiers, Secrétaire de l'Académie des Sciences de Paris.

Mais,

Mais, déja s'échappant à mon œil enchanté,
Il voloit au séjour où luit la vérité.
Il n'étoit pas vers moi descendu pour m'apprendre
Les secrets du Très-haut, que je ne puis comprendre ;
Mes yeux d'un plus grand jour auroient été blessés ;
Il m'a dit : Sois heureux ; il m'en a dit assez.

TROISIE'ME DISCOURS.

DE

L'ENVIE.

SI l'homme eſt créé libre, il doit ſe gouverner :
Si l'homme a des tyrans, il les doit détrôner.
On ne le ſait que trop ; ces tyrans ſont les vices,
Le plus cruel de tous dans ſes ſombres caprices,
Le plus lâche à la fois, & le plus acharné,
Qui plonge au fond du cœur un trait empoiſonné,
Ce bourreau de l'eſprit, quel eſt-il ? C'eſt l'envie,
L'orgueil lui donna l'être au ſein de la folie,
Rien ne peut l'adoucir, rien ne peut l'éclairer :
Quoiqu'enfant de l'orgueil, il craint de ſe montrer.
Le mérite étranger eſt un poids qui l'accable ;
Semblable à ce géant ſi connu dans la fable,

Triste ennemi des Dieux, par les Dieux écrasé;
Lançant en vain les feux dont il est embrasé.
Il blasphême, il s'agite en sa prison profonde;
Il croit pouvoir donner des secousses au monde;
Il fait trembler l'Etna dont il est oppressé:
L'Etna sur lui retombe, il en est terrassé.
J'ai vû des courtisans, yvres de fausse gloire,
Détester dans *Villars* l'éclat de la victoire.
Ils haïssoient le bras qui faisoit leur appui.
Il combattoit pour eux, ils parloient contre lui.
Ce Héros eut raison, quand cherchant les batailles,
Il disoit à Louis: *Je ne crains que Versailles.*
Contre vos ennemis je marche sans effroi:
Défendez-moi des miens, ils sont près de mon Roi.
Cœurs jaloux! A quels maux êtes-vous donc en proye?
Vos chagrins sont formés de la publique joye;
Convives dégoûtés, l'aliment le plus doux,
Aigri par votre bile, est un poison pour vous.
O vous, qui de l'honneur entrez dans la carriere,
Cette route à vous seul appartient-t'elle entiere?
N'y pouvez-vous souffrir les pas d'un concurrent?
Voulez-vous ressembler à ces rois d'Orient,

Qui de l'Asie esclave, oppresseurs arbitraires,
Pensent ne bien régner, qu'en étranglant leurs
freres ?
Lorsqu'aux jeux du théâtre, écueil de tant
d'esprits,
Une affiche nouvelle entraîne tout Paris :
Quand *Dufrêne* (*a*) & *Gossin*, d'une voix attendrie,
Font parler Orosmane, Alzire, Zénobie,
Le spectateur content, qu'un beau trait vient
saisir,
Laisse couler des pleurs, enfans de son plaisir :
Rufus désespéré, que ce plaisir outrage,
Pleure aussi dans un coin ; mais ses pleurs
sont de rage.
Hé bien ! pauvre affligé, si ce fragile honneur,
Si ce bonheur d'un autre a déchiré ton cœur,
Mets du moins à profit le chagrin qui t'anime :
Mérite un tel succès, compose, efface, lime.
Le public applaudit aux vers du *Glorieux* ;
Est-ce un affront pour toi ? Courage, écris,
fais mieux ;

(*a*) Dufrêne, celébre acteur de Paris. Madlle Gossin, actrice pleine de graces, qui joua Zaïre.

Mais garde-toi ſur tout, ſi tu crains les critiques,
D'envoyer à Paris tes *Ayeux chimériques* (a).
Ne fais plus grimacer tes odieux portraits,
Sous des crayons groſſiers, pillés chez *Rabelais*.
Tôt ou tard on condamne un rimeur ſatirique,
Dont la moderne muſe emprunte un air gothique,
Et dans un vers forcé que ſurcharge un vieux mot,
Couvre ſon peu d'eſprit des phraſes de *Marot*.
Ce jargon dans un conte eſt encor ſupportable;
Mais le vrai veut un air, un ton plus reſpectable.
Si tu veux, faux dévot, ſéduire un ſot lecteur,
Au miel d'un froid ſermon, mêle un peu moins d'aigreur:
Que ton jaloux orgueil parle un plus doux langage;
Singe de la vertu, maſque mieux ton viſage:
La gloire d'un rival s'obſtine à t'outrager;
C'eſt en le ſurpaſſant que tu dois t'en venger.
Erige un monument plus haut que ſon trophée;
Mais pour ſifler *Rameau* l'on doit être un Orphée;

(a) Mauvaiſe Comédie, qui n'a pû être jouée.

Il faut être Psiché pour censurer Vénus.
Eh ! Pourquoi censurer ? Quel triste & vain abus !
On ne s'embellit point en blâmant sa rivale.
Qu'a servi contre Bayle une infâme cabale ?
Par le fougueux Jurieu (a) Bayle persécuté
Sera des bons esprits à jamais respecté,
Et le nom de Jurieu, son rival fanatique,
N'est aujourd'hui connu que par l'horreur publique.

Souvent dans ses chagrins un misérable auteur
Descend au rôle affreux de calomniateur.
Au lever de Sejan, chez Nestor, chez Narcisse,
Il distille à longs traits son absurde malice.
Pour lui tout est scandale, & tout impiété.
Assurer que ce globe en sa course emporté
S'éleve à l'Equateur, en tournant sur lui-même;
C'est un rafinement d'erreur & de blasphême.

(a) Jurieu étoit un Ministre Protestant, qui s'acharna contre Bayle & contre le bon sens; il écrivit en fol, & il fit le Prophéte : Il prédit, que le royaume de France éprouveroit des révolutions, qui ne sont jamais arrivées. Quant à Bayle, on sait que c'est un des Grands-Hommes que la France ait produits. Le Parlement de Toulouse lui a fait un honneur unique, en faisant valoir son testament, qui devoit être annullé comme celui d'un Réfugié, selon la rigueur de la loi, & qu'il déclara valide, comme le testament d'un homme, qui avoit éclairé le Monde, & honoré sa Patrie. L'Arrêt fut rendu sur le rapport de M. de Senaux, Conseiller.

Malbranche est Spinosiste, & *Locke*, en ses ecrits,
Du poison d'Epicure infecte les esprits.
Pope est un scélérat, de qui la plume impie
Ose vanter de Dieu la clémence infinie,
Qui prétend follement, o, le mauvais Chrétien!
Que Dieu nous aime tous, & qu'ici tout est bien.
Cent fois plus malheureux, & plus infâme encore,
Est ce fripier d'écrits, que l'intérêt dévore,
Qui vend au plus offrant son encre & ses fureurs;
Méprisable, en son goût, détestable en ses mœurs:
Médisant qui se plaint des brocards qu'il essuye;
Satirique ennuyeux, disant que tout l'ennuye;
Criant que le bon goût s'est perdu dans Paris,
Et le prouvant très-bien, du moins par ses écrits.
On peut à *Despréaux* pardonner la satyre;
Il joignit l'art de plaire au malheur de médire.
Le miel que cette abeille avoit tiré des fleurs
Pouvoit de sa piquûre adoucir les douleurs.
Mais pour un lourd frelon, méchamment imbécille,
Qui vit du mal qu'il fait, & nuit sans être utile,

On écrase à plaisir cet insecte orgueilleux,
Qui fatigue l'oreille, & qui choque les yeux.
Quelle étoit votre erreur? O vous, peintres vulgaires!
Vous, rivaux clandestins, dont les mains téméraires,
Dans ce cloître où *Bruno* semble encor respirer;
Par une lâche envie ont pû défigurer (*a*)
Du *Zeuxis* des Français les savantes peintures,
L'honneur de son pinceau s'accrut par vos injures:
Ces lambeaux déchirés en sont plus précieux;
Ces traits en sont plus beaux, & vous plus odieux.

Détestons à jamais un si dangereux vice.
Ah! qu'il nous faut chérir ce trait plein de justice!
D'un critique modeste, & d'un vrai Bel-Esprit,
Qui, lorsque *Richelieu* follement entreprit
De rabaisser du Cid la naissante merveille,
Tandis que *Chapelain* osoit juger *Corneille*;
Chargé de condamner cet ouvrage imparfait,
Dit, pour tout jugement, je voudrois l'avoir fait.

(*a*) Quelques Peintres jaloux du Sueur, gâterent ses Tableaux, qui sont aux Chartreux.

C'est

C'eſt ainſi qu'un grand cœur ſait penſer d'un grand-homme.

A la voix de *Colbert*, *Bernini* vint de Rome,
De (*a*) *Perrault*, dans le Louvre il admira la main.
Ah, dit-il, ſi Paris renferme dans ſon ſein
Des travaux ſi parfaits, un ſi rare génie,
Falloit-il m'appeller du fond de l'Italie ?
Voilà le vrai mérite. Il parle avec candeur,
L'envie eſt à ſes pieds, la paix eſt dans ſon cœur.
Qu'il eſt grand, qu'il eſt doux de ſe dire à ſoi-même,
Je n'ai point d'ennemis, j'ai des rivaux que j'aime !
Je prens part à leur gloire, à leurs maux, à leurs biens,
Les Arts nous ont unis, leurs beaux jours ſont les miens.
C'eſt ainſi que la terre avec plaiſir raſſemble
Ces chênes, ces ſapins, qui s'élevent enſemble;

(*a*) La belle façade du vieux Louvre eſt de M. Perrault.

Un ſuc toujours égal eſt préparé pour eux,
Leur pied touche aux enfers, leur cime eſt dans les cieux;
Leur tronc inébranlable, & leur pompeuſe tête,
Réſiſte, en ſe touchant, aux coups de la tempête;
Ils vivent l'un par l'autre; ils triomphent du tems,
Tandis que ſous leur ombre on voit de vils ſerpens
Se livrer, en ſifflant, des guerres inteſtines,
Et de leur ſang impur arroſer leurs racines.

QUATRIE'ME DISCOURS.

DE LA MODÉRATION EN TOUT,

Dans l'Etude, dans l'Ambition, dans les Plaisirs.

*à M. H***.*

TOut vouloir eſt d'un fou ; l'excès eſt ſon partage ;
La modération eſt le tréſor du ſage.
Il ſait régler ſes goûts, ſes travaux, ſes plaiſirs,
Mettre un but à ſa courſe, un terme à ſes deſirs.
Nul ne peut avoir tout ; l'amour de la ſcience
A guidé ta jeuneſſe au ſortir de l'enfance :
La nature eſt ton livre, & tu prétends y voir
Moins ce qu'on a penſé, que ce qu'il faut ſavoir.
La raiſon te conduit ; avance à ſa lumière ;
Marche encor quelques pas ; mais borne ta carrière,

Au bord de l'infini ton cours doit s'arrêter,
Là commence un abîme, il le faut respecter.
Réaumur & Buffon qui d'une main si sûre,
Ont percé tant de fois la nuit de la nature,
M'apprendront-ils jamais, par quels subtils ressorts
L'Eternel Artisan fait végéter les corps;
Pourquoi l'aspic affreux, le tigre, la pantère,
N'ont jamais adouci leur cruel caractère,
Et que reconnoissant la main qui le nourrit;
Le chien meurt en léchant le maître qu'il chérit.
D'où vient qu'avec cent pieds, qui semblent inutiles,
Cet insecte tremblant traîne ses pas débiles;
Pourquoi ce ver changeant se bâtit un tombeau,
S'enterre, & ressuscite avec un corps nouveau,
Et le front couronné, tout brillant d'étincelles,
S'élance dans les airs en déployant ses aîles?
Le sage *Dufay* (*a*) parmi ses plans divers,
Végétaux rassemblés des bouts de l'Univers,
Me dira-t-il, pourquoi la tendre Sensitive
Se flétrit sous nos mains, honteuse & fugitive?

(*a*) M. Dufay étoit directeur du jardin du Roi, qui avoit été très-négligé jusqu'à lui, & qui a été ensuite porté par M. de Buffon à un point qui fait l'admiration des étrangers. On y conserve, outre les plantes, beaucoup d'autres raretés.

Malade & dans un lit, de douleurs accablé,
Par l'éloquent *Sylva* vous êtes consolé,
Il sait l'art de guérir autant que l'art de plaire;
Demandez à *Silva* par quel secret mystère
Ce pain, cet aliment dans mon corps digéré,
Se transforme en un lait doucement préparé;
Comment toujours filtré dans ses routes certaines,
En longs ruisseaux de pourpre il court enfler mes veines;
A mon corps languissant rend un pouvoir nouveau,
Fait palpiter mon cœur, & penser mon cerveau?
Il leve au Ciel les yeux, il s'incline, il s'écrie:
Demandez-le à ce Dieu, qui nous donna la vie.

Revole *Maupertuis*, de ces déserts glacés,
Où les rayons du jour sont six mois éclipsés;
Apôtre de *Newton*, digne appui d'un tel maître,
Né pour la vérité, viens la faire connaître.
Héros (*a*) de la physique, argonautes nouveaux,
Qui franchissez les monts, qui traversez les eaux,

(*a*) Messieurs de Maupertuis, Clairaut, le Monnier, &c. allerent en 1736. à Torno, mesurer un degré du méridien.

Dont le travail immenſe & l'éxacte meſure,
De la terre étonnée ont fixé la figure ;
Dévoilez ces reſſorts, qui font la peſanteur.
Vous connaiſſez les loix qu'établit ſon auteur ;
Parlez, enſeignez-moi, comment ſes mains fécondes,
Font tourner tant de cieux, graviter tant de mondes ;
Pourquoi, vers le ſoleil notre globe entraîné
Se meut autour de ſoi ſur ſon axe incliné.
Parcourant en douze ans les céleſtes demeures,
D'où vient que Jupiter a ſon jour de dix heures.
Vous ne le ſavez point. Votre ſavant compas
Meſure l'univers, & ne le connaît pas.
Je vous vois deſſiner par un art infaillible,
Les dehors d'un Palais à l'homme inacceſſible,
Les angles, les côtés ſont marqués par vos traits,
Le dedans à vos yeux eſt fermé pour jamais.
Pourquoi donc m'affliger, ſi ma débile vuë
Ne peut percer la nuit ſur mes yeux répanduë.
Je n'imiterai point ce malheureux ſavant,
Qui des feux de l'Etna ſcrutateur imprudent,

Marchant sur des monceaux de bitume & de cendre,
Fut consumé du feu qu'il cherchoit à comprendre.

Modérons-nous surtout dans notre ambition;
C'est du cœur des humains la grande passion.
L'empesé magistrat, le financier sauvage,
La prude aux yeux dévots, la coquette volage,
Vont en poste à Versaille essuyer des mépris
Qu'ils reviennent soudain rendre en poste à Paris.
Les libres habitans des rives du Permesse
Ont saisi quelquefois cette amorce traîtresse;
Platon va raisonner à la cour de Denis,
Racine janséniste est auprès de Louis.
L'auteur voluptueux, qui célébra Glicère,
Prodigue au fils d'Octave un encens mercenaire.
S'ils ont cherché la cour, ils ont porté des fers:
Mais leur sagesse au moins les rendit plus légers.
Horace modéré, vêcut riche & tranquille.
Qui veut tout, n'obtient rien; le discret est l'habile.

O vous, qui ramenez dans les murs de Paris,
Tous les excès honteux des mœurs de Sibaris;
Qui plongés dans le luxe, énervés de molleſſe,
Nourriſſez dans votre ame une éternelle ivreſſe,
Apprenez, inſenſés, qui cherchez le plaiſir,
Et l'art de le connaître, & celui de jouir;
Les plaiſirs ſont les fleurs que notre divin maître
Dans les ronces du monde autour de nous fait naître.
Chacune a ſa ſaiſon & par des ſoins prudens
On peut en conſerver dans l'Hyver de nos ans.
Mais s'il faut les cueillir, c'eſt d'une main légère;
On flétrit aiſémeut leur beauté paſſagère.
N'offrez pas à vos ſens de molleſſe accablés,
Tous les parfums de Flore à la fois exhalés:
Il ne faut point tout voir, tout ſentir, tout entendre.
Quittons les voluptés pour ſavoir les reprendre.
Le travail eſt ſouvent le pere du plaiſir;
Je plains l'homme accablé du poids de ſon loiſir.

Le bonheur eſt un bien que nous vend la
Nature.
Il n'eſt point ici-bas de moiſſons ſans culture :
Tout veut des ſoins ſans doute, & tout eſt
acheté.

Regardez Lucullus, de ſa table entêté,
Au ſortir d'un ſpectacle, où de tant de mer-
veilles
Le ſon perdu pour lui frappe envain ſes oreil-
les ;
Il ſe traîne à ſouper plein d'un ſecret ennui,
Cherchant en vain la joye, & fatigué de lui.
Son eſprit offuſqué d'une vapeur groſſière,
Jette encor quelques traits ſans force & ſans lu-
mière ;
Parmi les voluptés dont il croit s'enyvrer,
Malheureux ! il n'a pas le tems de déſirer.

Jadis trop careſſé des mains de la molleſſe,
Le plaiſir s'endormit au ſein de la pareſſe ;
La langueur l'accabla ; plus de chants, plus de
vers,
Plus d'amour ; & l'ennui détruiſoit l'univers.
Un Dieu, qui prit pitié de la nature humaine,
Mit auprès du plaiſir le travail & la peine ;
La crainte l'éveilla, l'eſpoir guida ſes pas,
Ce cortége aujourd'hui l'accompagne ici-bas.

Semez vos entretiens de fleurs toujours nouvelles,
Je le dis aux amans, je le répéte aux belles.
De l'uniformité l'importune langueur
Glace un cœur émoussé par l'excès du bonheur.
D'un séducteur plaisir redoutez l'imposture,
Ce feu follet s'éteint, privé de nourriture.
Votre bonheur usé n'est qu'un dégoût affreux,
Et vous avez besoin de vous quitter tous deux.
Ah! pour vous voir toujours sans jamais vous déplaire,
Il faut un cœur plus noble, une ame moins vulgaire.
Un esprit vrai, sensé, fécond, ingénieux,
Sans humeur, sans caprice, & surtout vertueux.
Pour les cœurs corrompus l'amitié n'est point faite.

O divine amitié! Félicité parfaite!
Seul mouvement de l'ame, où l'excès soit permis,
Corrige les défauts qu'en moi le ciel a mis;
Compagne de mes pas dans toutes mes demeures,
Dans toutes les saisons & dans toutes les heures.
Sans toi tout homme est seul; il peut, par ton appui,
Multiplier son être & vivre dans autrui.

Idole d'un cœur juste, & passion du sage,
Amitié, que ton nom couronne cet ouvrage,
Qu'il préside à mes vers, comme il régne en mon
cœur ;
Tu m'appris à connaître, à chanter le bonheur.

CINQUIE'ME DISCOURS.

SUR LA NATURE DU PLAISIR.

AU ROY DE PRUSSE, alors Prince Royal.

JUſqu'à quand verrons-nous ce rêveur fanatique
Fermer le ciel au monde, & d'un ton deſpotique
Damnant le genre-humain, qu'il prétend convertir,
Nous prêcher la vertu pour la faire haïr ?
Sur les pas de *Calvin*, ce fou ſombre & ſévère
Croit que Dieu, comme lui, n'agit qu'avec colère.
Je crois voir d'un tyran le miniſtre abhorré,
D'eſclaves qu'il a faits triſtement entouré,
Dictant d'un air hideux ſes volontés ſiniſtres ;
Je cherche un roi plus doux, & de plus doux miniſtres.

Timon (*a*) ſe croît parfait, depuis qu'il n'aime rien :
Il faut que l'on ſoit homme afin d'être Chrétien.
Je ſuis homme, & d'un Dieu je chéris la clémence.
Mortels ! venez à lui ; mais par reconnaiſſance.
La nature, attentive à remplir vos déſirs,
Vous appelle à ce Dieu par la voix des plaiſirs.
Nul encor n'a chanté ſa bonté toute entière,
Par le ſeul mouvement il conduit la matière :
Mais c'eſt par le plaiſir qu'il conduit les humains.
Sentez du moins les dons prodigués par ſes mains.
Tout mortel au plaiſir a dû ſon exiſtence,
Par lui le corps agit, le cœur ſent, l'eſprit penſe ;
Soit que du doux ſommeil la main ferme vos yeux,
Soit que le jour pour vous vienne embellir les cieux ;
Soit que vos ſens flétris cherchant leur nourriture,
L'aiguillon de la faim preſſe en vous la nature ;

(a) Cette Piéce eſt uniquement fondée ſur l'impoſſibilité où eſt l'homme d'avoir des ſenſations par lui-même. Tout ſentiment prouve un Dieu, & tout ſentiment agréable prouve un Dieu bienfaiſant.

Ou que l'amour vous force en des momens plus
doux,
A produire un autre être, à revivre après vous,
Partout d'un Dieu clément la bonté salutaire,
Attache à vos besoins un plaisir nécessaire :
Les mortels en un mot n'ont point d'autre moteur.

Sans l'attrait du plaisir, sans ce charme vainqueur,
Qui des loix de l'hymen eût subi l'esclavage ?
Quelle beauté jamais auroit eu le courage
De porter un enfant dans son sein renfermé,
Qui déchire en naissant les flancs qui l'ont formé,
De conduire avec crainte une enfance imbécile,
Et d'un âge fougueux l'imprudence indocile ?

Ah ! dans tous vos états, en tout tems, en tout lieu,
Mortels à vos plaisirs reconnaissez un Dieu,
Que dis-je ! à vos plaisirs ? C'est à la douleur même,
Que je connais de Dieu la sagesse suprême.
Ce sentiment si prompt dans nos corps répandu ;
Parmi tous nos dangers sentinelle assidu,
D'une voix salutaire incessamment nous crie :
Ménagez, défendez, conservez votre vie.

O moitié de notre être, amour-propre enchanteur,
Sans nous tyrannifer régne dans notre cœur.
Pour aimer un autre homme, il faut s'aimer foi-même :
Que Dieu foit notre exemple, il nous chérit, il s'aime.
Nous nous aimons dans nous, dans nos biens, dans nos fils,
Dans nos concitoyens, furtout dans nos amis.
Cet amour néceffaire eft l'ame de notre ame,
Notre efprit eft porté fur ces ailes de flâme.
Oui, pour nous élever aux grandes actions,
Dieu nous a par bonté donné les paffions. (*a*)

(a) Comme prefque tous les mots d'une Langue peuvent être entendus en plus d'un fens, il eft bon d'avertir ici, qu'on entend par ce mot paffions, des défirs vifs & continués de quelque bien que ce puiffe être. Ce mot vient de *Pâtir*, fouffrir ; parce qu'il n'y a aucun défir fans fouffrance; défirer un bien c'eft fouffrir l'abfcence de ce bien, c'eft *Pâtir*, c'eft avoir une paffion, & le premier pas vers le plaifir eft effentiellement un foulagement de cette fouffrance. Les vicieux & les gens de bien ont tout également de ces defirs vifs & continus, appellés *Paffions*, qui ne deviennent des vices que par leur objet ; le defir de réuffir dans fon art, l'amour conjugal, l'amour paternel, le goût de Sciences, font des paffions, qui n'ont rien de criminel. Il feroit à fouhaiter que les langues euffent des mots pour exprimer les defirs habituels, qui en foi font indifférens, ceux qui font vertueux, ceux qui font coupables : mais il n'y a aucune langue au monde, qui ait des fignes repréfentatifs de chacune de nos idées, & on eft obligé de fe fervir du même mot dans une acception différente, à peu près comme on fe fert quelquefois du même inftrument pour des ouvrages de différentes natures.

Tout dangereux qu'il eſt c'eſt un préſent céleſte ;
L'uſage en eſt heureux, ſi l'abus eſt funeſte.
J'admire & ne plains point un cœur maître de
ſoi,
Qui tenant ſes déſirs enchaînés ſous ſa loi,
S'arrache au genre-humain pour Dieu qui nous
fit naître,
Se plaît à l'éviter plutôt qu'à le connaître ;
Et brûlant pour ſon Dieu d'un amour dévo-
rant,
Fuit les plaiſirs permis, par un plaiſir plus grand.
Mais que fier de ſes croix, vain de ſes abſti-
nences,
Et ſurtout en ſecret laſſé de ſes ſouffrances,
Il condamme dans nous tout ce qu'il a quitté,
L'hymen, le nom de pere, & la ſociété ;
On voit de cet orgueil la vanité profonde,
C'eſt moins l'ami de Dieu que l'ennemi du
monde ;
On lit dans ſes chagrins le regret des plaiſirs.
Le ciel nous fit un cœur, il lui faut des déſirs.
Des Stoïques nouveaux le ridicule maître
Prétend m'ôter à moi, me priver de mon être.
Dieu, ſi nous l'en croyons, ſeroit ſervi par
nous,
Ainſi qu'en ſon ſérail un Muſulman jaloux,

Qui

Qui n'admet prés de lui que ces monſtres d'Aſie,
Que le fer a privés des ſources de la vie (*a*).
Vous, qui vous élevez contre l'humanité,
N'avez-vous lû jamais la docte antiquité?
Ne connaiſſez-vous point les filles de Pélie:
Dans leur aveuglement voyez votre folie.
Elles croyoient dompter la nature & le tems,
Et rendre leur vieux pere à la fleur de ſes ans.
Leurs mains par piété dans ſon ſang ſe plongerent,
Croyant le rajeunir, ſes filles l'égorgerent.
Voilà votre portrait, Stoïques abuſés,
Vous voulez changer l'homme, & vous le détruiſez.
Uſez, n'abuſez point. Le ſage ainſi l'ordonne;
Je fuis également Epictete & Pétrone.
L'abſtinence ou l'excès ne fit jamais d'heureux.
Je ne conclus donc pas, orateur dangereux,
Qu'il faut lâcher la bride aux paſſions humaines.
De ce courſier fougueux je veux tenir les rênes;
Je veux, que ce torrent par un heureux ſecours,
Sans inonder mes champs, les abreuve en ſon cours.

(*a*) Cela ne regarde que les eſprits outrés, qui veulent ôter à l'homme tous les ſentimens.

Vents épurez les airs, & soufflez sans tempêtes ;
Soleil sans nous brûler, marche & luit sur nos têtes.
Dieu des êtres pensans, Dieu des cœurs fortunés ;
Conservez les désirs que vous m'avez donnés,
Ce goût de l'amitié, cette ardeur pour l'étude,
Cet amour des beaux arts & de la solitude :
Voilà mes passions. Vous, qui les approuvez,
Vous, l'honneur de ces arts par vos mains cultivez,
Vous, dont la passion nouvelle & généreuse,
Est d'éclairer la terre, & de la rendre heureuse ;
Grand Prince, esprit sublime, heureux présent du ciel,
Qui connait mieux que vous les dons de l'Eternel ?
Aidez ma voix tremblante & ma lyre affaiblie,
A chanter le bonheur qu'il répand sur la vie.
Qu'un autre en frémissant craigne ses cruautés,
Un cœur aimé de vous ne sent que ses bontés.

SIXIE'ME DISCOURS.

DE
LA NATURE
DE L'HOMME.

LA voix de la vertu préside à tes concerts ;
Elle m'appelle à toi par le charme des vers.
Ta grande étude est l'homme, & de ce Labyrinthe
Le fil de la raison te fait chercher l'enceinte.
Montre l'homme à mes yeux. Honteux de m'ignorer,
Dans mon être, dans moi, je cherche à pénétrer.
Despréaux & *Paschal* en ont fait la satyre,
Pope & le grand *Leibnitz* moins enclins à médire,
Semblent dans leurs écrits prendre un sage milieu,
Ils descendent à l'homme, ils s'élevent à Dieu.
Mais quelle épaisse nuit voile encor la nature ?
Sous l'Œdipe nouveau de cette énigme obscure.

Chacun a dit ſon mot, on a long-tems rêvé;
Le vrai ſens de l'énigme eſt-il enfin trouvé?
Je ſai bien qu'à ſouper chez Laïs ou Catulle;
Cet examen profond paſſe pour ridicule.
Là pour tout argument quelques couplets malins,
Exercent plaiſamment nos cerveaux libertins.
Autre tems, autre étude, & la raiſon ſévère
Trouve accès à ſon tour, & peut ne point déplaire.
Dans le fond de ſon cœur on ſe plaît à rentrer;
Nos yeux cherchent le jour, lent à nous éclairer.
Le grand monde eſt léger, inappliqué, volage;
Sa voix trouble & ſéduit: eſt-on ſeul, on eſt ſage.
Je veux l'être, je veux m'élever avec toi,
Des fanges de la terre, au trône de ſon roi.
Montre-moi, ſi tu peux, cette chaîne inviſible
Du monde des eſprits & du monde ſenſible;
Cet ordre ſi caché de tant d'êtres divers,
Que *Pope* après Platon crut voir dans l'univers.
Vous me preſſez en vain. Cette vaſte ſcience;
Ou paſſe ma portée, ou me force au ſilence.
Mon eſprit reſſerré ſous le compas Français,
N'a point la liberté des Grecs & des Anglais.

Pope a droit de tout dire, & moi je dois me taire,
A Bourge un Bachelier peut percer ce myſtère.
Je n'ai point mes degrés, & je ne prétends pas
Hazarder pour un mot de dangereux combats.
Ecoutez ſeulement un récit véritable,
Que peut-être *Fourmont* (*a*) prendra pour une fable,
Et que je lûs hier dans un livre Chinois,
Qu'un Jéſuite à Pequin traduiſit autrefois.

Un jour quelques ſouris ſe diſoient l'une à l'autre,
Que ce monde eſt charmant ! quel empire eſt le nôtre !
Ce palais ſi ſuperbe eſt élevé pour nous,
De toute éternité Dieu nous fit ces grands trous.
Vois-tu ces gras jambons ſous cette voûte obſcure,
Ils y furent créés des mains de la nature.
Ces montagnes de lard, éternels alimens,
Sont pour nous en ces lieux juſqu'à la fin des tems ;
Oui, nous ſommes, grand Dieu, ſi l'on en croit nos ſages,
Le chef d'œuvre, la fin, le but de tes ouvrages.

(*a*) Homme très-ſçavant dans l'Hiſtoire des Chinois, & même dans leur langue.

Les chats ſont dangereux, & prompts à nous manger,
Mais c'eſt pour nous inſtruire & pour nous corriger.

Plus loin, ſur le duvet d'un herbe renaiſſante,
Près des bois, près des eaux, une troupe innocente
De canards nazillans, de dindons rengorgés,
De gros moutons bêlans, que leur laine a chargés;
Diſoient tout eſt à nous, bois, prés, étangs, montagnes,
Le ciel pour nos beſoins fait verdir les campagnes.
L'aſne paiſſoit auprès, & ſe mirant dans l'eau,
Il rendoit grace au ciel en ſe trouvant ſi beau.
Pour les aſnes, dit-il, le ciel a fait la terre;
L'homme eſt né mon eſclave, il me panſe, il me ferre,
Il m'étrille, il me lave, il prévient mes déſirs,
Il bâtit mon ſérail, il conduit mes plaiſirs.
Reſpectueux témoin de ma noble tendreſſe,
Miniſtre de ma joye, il m'améne une âneſſe,
Et je ris quand je vois cet eſclave orgueilleux,
Envier l'heureux don que j'ai reçu des cieux.

L'homme vint, & cria: Je ſuis puiſſant & ſage,
Cieux, terres, élémens, tout eſt pour mon uſage,

L'océan fut formé pour porter mes vaiſſeaux.
Les vents ſont mes couriers, les aſtres mes flambeaux.
Ce globe, qui des nuits blanchit les ſombres voiles,
Croît, décroît, fuit, revient & préſide aux étoiles.
Moi, je préſide à tout; mon eſprit éclairé
Dans les bornes du monde eût été trop ſerré.
Mais enfin de ce monde, & l'oracle & le maître,
Je ne ſuis point encor ce que je devois être.
Quelques Anges alors, qui là-haut dans les cieux
Réglent ces mouvemens imparfaits à nos yeux,
En faiſant tournoyer ces immenſes planettes,
Diſoient, pour nos plaiſirs, ſans doute elles ſont faites.
Puis de-là ſur la terre ils jettoient un coup d'œil,
Ils ſe mocquoient de l'homme & de ſon ſot orgueil.
Le *Tien* (*a*) les entendit, il voulut que ſur l'heure
On les fit aſſembler dans ſa haute demeure,
Ange, homme, quadrupede, & ces êtres divers,
Dont chacun forme un monde en ce vaſte univers.
Ouvrage de mes mains, enfans du même père,
Vous portez, leur dit-il, *mon divin caractère*,

(*a*) Dieu des Chinois.

Vous êtes nés pour moi, rien ne fut fait pour vous;
Je suis le centre unique où vous répondez tous.
Des destins & des tems, connaissez le seul maître;
Rien n'est grand ni petit, tout est ce qu'il doit être.
D'un parfait assemblage instrumens imparfaits,
Dans votre rang placés demeurez satisfaits.
L'homme ne le fut point. Cette indocile espéce;
Sera-t elle occupée à murmurer sans cesse?
Un vieux lettré Chinois, qui toujours sur les bancs
Combattit la raison par de beaux argumens,
Plein de *Confucius*, & sa logique en tête,
Distinguant, concluant, présenta sa requête.
Pourquoi suis-je en un point resserré par les tems?
Mes jours devroient aller par de-là vingt mille ans.
Pourquoi ne suis-je pas haut de trois cens coudées?
D'où vient que je ne puis, plus promt que mes idées,
Voyager dans la lune, & réformer son cours?
Pourquoi faut-il dormir un grand tiers de mes jours,
Pourquoi ne puis-je, au gré de ma pudique flâme,
Faire au moins en trois mois cent enfans à ma femme?

Pourquoi

Pourquoi fus-je en un jour ſi las de ſes attraits ?
Tes pourquoi, dit le Dieu, ne finiroient jamais.
Bientôt tes queſtions vont être décidées :
Va chercher ta réponſe aux pays des idées ;
Pars. Un Ange auſſi-tôt l'emporte dans les airs,
Au ſein du vuide immenſe où ſe meut l'univers,
A travers cent ſoleils entourés de planettes,
De lunes, & d'anneaux, & de longues comettes.
Il entre dans un globe, où d'immortelles mains
Du roi de la nature ont tracé les deſſeins ;
Où l'œil peut contempler les images viſibles,
Et des mondes réels & des mondes poſſibles.
Mon vieux lettré chercha, d'eſpérance animé,
Un monde fait pour lui, tel qu'il l'auroit formé.
Il cherchoit vainement : l'Ange lui fit connaître
Que rien de ce qu'il veut en effet ne peut être ;
Que ſi l'homme eût été tel qu'on feint les géans,
Faiſant la guerre au ciel, ou plutôt au bon ſens,
S'il eût à vingt mille ans étendu ſa carrière,
Ce petit amas d'eau, de ſable & de pouſſière
N'eût jamais pu ſuffire à nourrir dans ſon ſein
Ces énormes enfans d'un autre genre-humain.
Le Chinois argumente ; on le force à conclure
Que dans tout l'univers chaque être a ſa meſure ;

Que l'homme n'eſt point fait pour ces vaſtes
 déſirs ;
Que ſa vie eſt bornée, ainſi que ſes plaiſirs ;
Que Dieu ſeul a raiſon, ſans qu'il nous en in-
 forme.
Le lettré, convaincu de ſa ſottiſe énorme,
S'en retourne ici-bas, ayant tout approuvé ;
Mais il y murmura quand il fut arrivé.
Convertir un Docteur eſt une œuvre impoſſible.
 Matthieu (*a*) *Garo* chez nous eut l'eſprit plus
 fléxible ;
Il loua Dieu de tout : peut-être qu'autrefois
De longs ruiſſeaux de lait ſerpentoient dans nos
 bois ;
La Lune étoit plus grande & la nuit moins
 obſcure ;
L'hyver ſe couronnoit de fleurs & de verdure :
L'homme, ce roi du monde, & roi très-
 fainéant,
Se contemploit à l'aiſe, admiroit ſon néant,
Et formé pour agir, ſe plaiſoit à rien faire.
Mais pour nous, fléchiſſons ſous un ſort tout
 contraire ;

(*a*) Voyez la fable de la Fontaine :
En louant Dieu de toute choſe.
Garo retourne à la Maiſon.

Contentons-nous des biens qui nous ſont deſtinés,
Paſſagers comme nous, & comme nous bornés,
Sans rechercher envain ce que peut notre maître,
Ce que fut notre monde, & ce qu'il devoit être,
Obſervons ce qu'il eſt, & recueillons le fruit
Des tréſors qu'il renferme, & des biens qu'il produit.
Si du Dieu, qui nous fit, l'éternelle puiſſance
Eût à deux jours au plus borné notre exiſtence,
Il nous auroit fait grace; il faudroit conſumer
Ces deux jours de la vie à lui plaire, à l'aimer;
Le temps eſt aſſez long pour quiconque en profite;
Qui travaille & qui penſe en étend la limite.
On peut vivre beaucoup ſans végéter long-tems,
Et je vais te prouver par mes raiſonnemens...
Mais malheur à l'auteur qui veut toujours inſtruire;
Le ſecret d'ennuyer eſt celui de tout dire.

C'eſt ainſi que ma Muſe, avec ſimplicité,
Sur des tons différens chantoit la vérité,
Lorſque de la nature éclairciſſant les voiles,
Nos Français à *Quito* cherchoient d'autres étoiles;
Que *Clerant*, *Maupertuis*, entourés de glaçons,
D'un ſecteur à lunette étonnoient les Lapons,

Tandis que d'une main ſtérilement vantée, *
Le hardi *Vaucanſon*, rival de Prométhée,
Sembloit, de la nature imitant les reſſorts,
Prendre le feu des cieux pour animer les corps.
Pour moi, loin des cités, ſur les bords du Permeſſe,
Je ſuivois la nature, & cherchois la ſageſſe;
Et des bords de la ſphere où s'emporta *Milton*,
Et de ceux de l'abîme où pénétra *Newton*,
Je les voyois franchir leur carrière infinie;
Amant de tous les arts & de tout grand génie;
Implacable ennemi du calomniateur;
Du fanatique abſurde & du vil délateur;
Ami ſans artifice, auteur ſans jalouſie;
Adorateur d'un Dieu, mais ſans hypocriſie;
Dans un corps languiſſant, de cent maux attaqué,
Gardant un eſprit libre, à l'étude appliqué,
Et ſachant qu'ici-bas la félicité pure
Ne fut jamais permiſe à l'humaine nature.

* Il n'avoit pas encore été récompenſé.

MEMNON.

Ce petit Ouvrage ayant quelque raport aux Discours en vers cy-dessus, on a cru devoir l'imprimer à leur suite.

MEmnon conçut un jour le projet insensé d'être parfaitement Sage. Il n'y a gueres d'hommes à qui cette folie n'ait quelquefois passé par la tête. Memnon se dit à lui même, pour être très Sage & par conséquent très heureux, il n'y a qu'à être sans passions, & rien n'est plus [illegible] comme on sait. Premiérement je n'aimerai jamais de femme ; car en voyant une beauté parfaite, je me dirai à moi-même, ces joües-là se rideront un jour, ces beaux yeux seront bordés de rouge, cette gorge ronde deviendra platte & pendante, cette belle tête deviendra chauve. Or je n'ai qu'à la voir à présent des mêmes yeux dont je la verrai alors, & assûrément cette tête ne fera pas tourner la mienne.

En second lieu je serai toûjours sobre, j'aurai beau être tenté par la bonne chere, par des vins délicieux, par la ſéduction de la ſociété : je n'aurai qu'à me repréſenter les ſuites des excés, une tête peſante, un eſtomac embarraſſé, la perte de la raiſon, de la ſanté, & du temps. Je ne mangerai alors que pour le beſoin, ma ſanté ſera toûjours égale, mes idées toûjours pures & lumineuſes. Tout cela eſt ſi facile, qu'il n'y a aucun mérite à y parvenir.

Enſuite, diſoit Memnon, il faut penſer un peu à ma fortune, mes deſirs ſont modérés, mon Bien eſt ſolidement placé ſur le receveur général des finances de Ninive; j'ai dequoi vivre dans l'indépendance, c'eſt là le plus grand des biens. Je ne ſerai jamais dans la cruelle néceſſité de faire ma cour : je n'envierai perſonne & perſonne ne m'enviera. Voilà qui eſt encore très aiſé.

J'ai des amis, continuoit-il, je les conſerverai puis qu'ils n'auront rien à me diſputer, je n'aurai jamais d'humeur avec eux ni eux avec moi. Cela eſt ſans difficulté.

Ayant fait ainſi ſon petit plan de Sageſſe dans ſa chambre, Memnon mit la tête à la fenêtre, il vit deux femmes qui ſe promenoient ſous des platanes auprès de ſa maiſon. L'une étoit vieille & paroiſſoit ne ſonger à rien. L'autre étoit jeune, jolie & ſembloit fort occupée. Elle ſoûpiroit, elle pleuroit & n'en avoit que plus de graces. Notre Sage fut touché, non pas de la beauté de la Dame, (il étoit bien sûr de ne pas ſentir une telle faibleſſe) mais de l'affliction où il la voyoit; il deſcendit, il aborda la jeune Ninivienne dans le deſſein de la conſoler avec ſageſſe. Cette belle perſonne lui conta de l'air le plus naïf & le plus touchant tout le mal que lui faiſoit un Oncle qu'elle n'avoit point, avec quels artifices il lui avoit enlevé un Bien qu'elle n'avoit jamais poſſédé, & tout ce qu'elle avoit à craindre de ſa violence. Vous me paraiſſez un homme de ſi bon conſeil, lui dit-elle, que ſi vous aviez la condeſcendance de venir juſques chez moi, & d'éxaminer mes affaires, je ſuis ſure que vous me tireriez du cruel embarras où je ſuis. Memnon n'héſita pas à la ſuivre pour éxaminer ſagement ſes affaires, & pour lui donner un bon conſeil.

La Dame affligée le mena dans une chambre parfumée & le fit aſſeoir avec elle poliment ſur un large ſopha, où ils ſe tenoient tous deux les jambes croiſées vis-à-vis l'un de l'autre. La Dame parla en baiſſant les yeux dont il échapoit qnelquefois des larmes, & qui en ſe relevant rencontroient toûjours les regards du ſage Memnon. Ses diſcours étoient pleins d'un attendriſſement qui redoubloit toutes les fois qu'ils ſe regardoient. Memnon prenoit ſes affaires éxtrêmement à cœur, & ſe ſentoit de moment en moment la plus grande envie d'obliger une perſonne ſi honnête & ſi malheureuſe. Ils ceſſerent inſenſiblement dans la chaleur de la converſation d'être vis-à-vis l'un de l'autre. Leurs jambes ne furent plus croiſées, Memnon la conſeilla de ſi près & lui donna des avis ſi tendres, qu'ils ne pouvoient ni l'un ni l'autre parler d'affaires & qu'ils ne ſavoient plus où ils en étoient.

Comme ils en étoient là, arrive l'Oncle, ainſi qu'on peut bien le penſer : Il étoit armé de la tête aux pieds, & la premiére choſe qu'il dit, fut qu'il alloit tuer comme de raiſon le ſage Memnon & ſa Niéce, la derniere qui lui échapa fut qu'il pouvoit pardonner pour beaucoup d'argent ; Memnon fut obligé de donner tout ce qu'il avoit, on étoit heureux dans ce temps là d'en être quitte à ſi bon marché, l'Amerique n'étoit pas encore decouverte, & les Dames affligées n'étoient pas à beaucoup près si dangereuses qu'elles le sont aujourd'hui.

Memnon honteux & désesperé rentra chez lui ; il y trouva un billet qui l'invitoit à diner avec quelques-uns de ses intimes amis, Si je reste seul chez moi, dit-il, j'aurai l'esprit occupé de ma triste avanture, je ne mangerai point, je tomberai malade. Il vaut mieux aller faire avec mes amis intimes un repas frugal. J'oublierai dans la douceur de leur société la sottise que j'ai faite ce matin. Il va au rendez-vous, on le trouve un peu chagrin. On le fait boire pour dissiper sa tristesse. Un peu de vin pris modérément est un reméde pour l'ame & pour le corps. C'est ainsi que pense le sage Memnon ; & il s'enivre. On lui propose de jouer après le repas. Un jeu reglé avec des amis est un passe temps honnête. Il joue ; on lui gagne tout ce qu'il a dans sa bourse & quatre fois autant sur sa parole. Une dispute s'éléve sur le jeu, on s'échauffe : l'un de ses amis intimes lui jette à la tête un cornet & lui créve un œil. On raporte chez lui le sage Memnon, ivre, sans argent, & ayant un œil de moins.

Il cuve un peu ſon vin, & dès qu'il a la tête plus libre, il envoie ſon valet chercher de l'argent chez le receveur général des finances de Ninive pour payer ſes intimes amis : on lui dit que ſon débiteur a fait le matin une banqueroute frauduleuſe qui met en allarme cent familles. Memnon outré va à la Cour avec un emplâtre ſur l'œil & un placet à la main pour demander juſtice au Roi contre le banqueroutier. Il rencontra dans un ſallon pluſieurs Dames qui portoient toutes d'un air aiſé des cerceaux de vingt-quatre pieds de circonférence. L'une d'elles qui le connoiſſoit un peu dit en le regardant de côté. Ah l'horreur ! une autre qui le connoiſſoit davantage lui dit, bon ſoir Monſieur Memnon, mais vraiment Monſieur Memnon je ſuis fort aiſe de vous voir ; à propos Monſieur Memnon pourquoi avez-vous perdu un œil ? Et elle paſſa ſans attendre ſa réponſe. Memnon ſe cacha dans un coin & attendit le moment où il put ſe jetter aux pieds du Monarque. Ce moment arriva. Il baiſa trois fois la terre & préſenta ſon placet. Sa gracieuſe Majeſté le reçut très favorablement, & donna le mémoire à un de ſes Satrapes pour lui en rendre compte. Le Satrape tire Memnon à part, & lui dit d'un air de hauteur en ricanant amérement; je vous trouve un plaiſant borgne de vous adreſſer au Roi plutôt qn'à moi; & encore plus plaiſant d'oſer demander juſtice contre un honnête banqueroutier, que j'honore de ma protection, & qui eſt le neveu d'une femme de chambre de ma Maitreſſe. Abandonnez cette affaire-là, mon ami, ſi vous voulez conſerver l'œil qui vous reſte.

Memnon ayant ainſi renoncé le matin aux femmes, aux excès de table, au jeu, à toute querelle, & ſurtout à la Cour, avoit été avant la nuit trompé & volé par une belle Dame, s'étoit enivré, avoit joué, avoit eu une querelle, s'étoit fait crever un œil, & avoit été à la Cour où l'on s'étoit moqué de lui.

Pétrifié d'étonnement & navré de douleur, il s'en retourne la mort dans le cœur. Il veut rentrer chez lui; il y trouve des huiſſiers qui demeubloient ſa maiſon de la part de ſes créanciers. Il reſte preſque évanoui ſous un platane, il y rencontre la belle Dame du matin qui ſe promenoit avec ſon cher Oncle, & qui éclata de rire en voyant Memnon avec ſon emplâtre. La nuit vint, Memnon ſe coucha ſur de la paille auprès des murs de ſa maiſon. La fiévre le ſaiſit ; il s'endormit dans l'accés, & un Eſprit céleſte lui apparut en ſonge.

Il étoit tout reſplendiſſant de lumière. Il avoit ſix belles aîles, mais ni pied ni tête ni queuë, & ne reſſembloit à rien. Qui es-tu ? lui dit Memnon ; ton bon Gênie lui répondit l'autre. Rend-moi donc mon œil, ma ſanté, ma maiſon, mon bien, ma ſageſſe, lui dit Memnon. Enſuite il lui conta comment il avoit perdu tout cela en un jour. Voilà des avantures qui ne nous arrivent jamais dans le monde que nous habitons dit l'Eſprit. Et quel monde habitez-vous, dit l'homme affligé ? Ma patrie, répondit-il, eſt à cinq cent millions de lieuës du ſoleil dans une petite étoile auprès de Sirius, que tu vois d'ici. Le beau pays ! dit Memnon, quoi vous n'avez point chez vous de coquines qui trompent un pauvre homme, point d'amis intimes qui lui gagnent ſon argent & qui lui crévent un œil, point de banqueroutiers, point de Satrapes qui ſe mocquent de vous en vous refuſant juſtice : non, dit l'habitant de l'Etoile, rien de tout cela. Nous ne ſommes jamais trompés par les femmes, parceque nous n'en avons point ; nous ne faiſons point d'excès de table, parceque nous ne mangeons point ; nous n'avons point de Banqueroutiers, parce qu'il n'y a chez nous ni or ni argent ; on ne peut pas nous crever les yeux, parce que nous n'avons point de corps à la façon des vôtres ; & les Satrapes ne nous font jamais d'injuſtice, parceque dans notre petite Etoile tout le monde eſt égal.

Memnon lui dit alors, Monſeigneur, ſans femme & ſans diner à quoi paſſez-vous votre temps ? à veiller, dit le Genie, ſur les autres Globes qui nous ſont confiés : & je viens pour te conſoler. Helas ! réprit Memnon, que ne veniez-vous la nuit paſſée pour m'empécher de faire tant de folies ? J'étois auprès d'Aſſan ton frere ainé dit l'Etre céleſte. Il eſt plus à plaindre que toi. Sa gracieuſe Majeſté le Roi des Indes, à la Cour duquel il a l'honneur d'être, lui a fait crever les deux yeux pour une petite indiſcrétion, & il eſt actuellement dans un cachot les fers aux pieds & aux mains. C'eſt bien la peine, dit Memnon, d'avoir un bon Génie dans une famille, pour que de deux freres l'un ſoit borgne, l'autre aveugle, l'un couché ſur la paille, l'autre en priſon. Ton ſort changera, reprit l'Animal de l'Etoile. Il eſt vrai que tu ſeras toûjours borgne ; mais, à cela près, tu ſeras aſſez heureux, pourvû que tu ne faſſes jamais le ſot projet d'être parfaitement Sage. C'eſt donc une choſe à laquelle il eſt impoſſible de parvenir, s'écria Memnon en ſoûpirant. Auſſi impoſſible, lui repliqua l'autre, que d'être parfaitement habile, parfaitement fort, parfaitement puiſſant, parfaitement heureux. Nous mêmes, nous en ſommes bien loin. Il y a un Globe où tout cela ſe trouve, mais dans les cent mille millions de Mondes qui ſont diſperſés dans l'étenduë, tout ſe ſuit par degrés. On a moins de ſageſſe & de plaiſirs dans le ſecond que dans le premier, moins dans le troiſiéme que dans le ſecond. Ainſi du reſte juſqu'au dernier où tout le monde eſt complettement fou. J'ai bien peur, dit Memnon, que notre petit Globe terraqué ne ſoit préciſément les petites maiſons de l'Univers dont vous me faites l'honneur de me parler. Pas tout-à-fait, dit l'Eſprit ; mais il en approche : il faut que tout ſoit en ſa place. Eh mais, dit Mémnon, certains Poëtes, certains Philoſophes, ont donc grand tort de dire *Que tout eſt bien.* Ils ont grande raiſon, dit le Philoſophe de là haut en considérant l'arrangement de l'Univers entier. Ah je ne croirai cela, répliqua le pauvre Memnon, que quand je ne serai plus borgne.

SUR

SUR

L'ENCOURAGEMENT DES ARTS.

*EPITRE A ****

TOi qui mêlant toûjours l'agréable à l'utile
Des plaisirs aux travaux passas d'un vol agile,
Que j'aime à voir ton goût par des soins bienfaisans
Encourager les arts à ta voix renaissans !
Sans accorder jamais d'injuste préférence,
Entre tous ces Rivaux ta main tient la balance :
Tu sçais de Melpomene animer les accents,
De sa riante Sœur chérir les agréments,
Animer le pinceau, le ciseau, l'harmonie,
Et mettre un compas d'or dans les mains d'Uranie.
Le véritable esprit sait se plier à tout ;
On ne vit qu'à demi, quand on n'a qu'un seul goût.

Je plains tout eſprit faible, aveugle en ſa manie,
Qui dans un ſeul objet confina ſon génie :
Et qui de ſon Idole, adorateur charmé,
Veut immoler le reſte au Dieu qu'il s'eſt formé.
Entens-tu murmurer ce ſauvage algébriſte,
A la démarche lente, au teint blême, à l'œil triſte,
Qui d'un calcul aride à peine encor inſtruit,
Sait que quatre eſt à deux, comme ſeize eſt à huit ?
Il mépriſe Racine, il inſulte à Corneille,
Lulli n'a point de ſons pour ſa peſante oreille,
Et Rubens vainement ſous ſes pinceaux flatteurs,
De la belle nature aſſortit les couleurs.
De x, x redoublés admirant la puiſſance,
Il croit que Varignon fut ſeul utile en France,
Et s'étonne ſurtout, qu'inſpiré par l'amour,
Sans algébre autrefois Quinault charmât la Cour.
Avec non moins d'orgueil & non moins de folie,
Un éléve d'Euterpe, un enfant de Thalie,
Qui dans ſes vers pillés nous répete aujourd'hui
Ce qu'on a dit cent fois, & toujours mieux que lui,

De ſa frivole muſe admirateur unique,
Conçoit pour tout le reſte un dégoût létargique;
Prend pour des arpenteurs Archiméde & Newton,
Et voudroit mettre en vers Ariſtote & Platon.
Ce bœuf qui peſamment rumine ſes problêmes,
Ce papillon folâtre, ennemi des ſyſtêmes,
Sont regardés tous deux avec un ris moqueur
Par un bavard en robe, apprentif chicaneur,
Qui de papiers timbrés barbouilleur mercenaire,
Vous vend pour un écu ſa plume & ſa colere.

Pauvres fous, vains eſprits, s'écrie avec hauteur
Un ignorant fouré, fier du nom de docteur:
Venez à moi, laiſſez Maſſillon, Bourdaloue,
Je veux vous convertir, mais je veux qu'on me loue:
Je diviſe en trois points le plus ſimple des cas,
J'ai vingt ans, ſans l'entendre, expliqué ſaint Thomas.

Ainſi ces charlatans, de leur art idolâtres,
Attroupent un vain peuple aux pieds de leurs théâtres;
L'honnête-homme eſt plus juſte, il approuve en autrui,
Les Arts & les talens qu'il ne ſent point en lui.

Jadis avant que Dieu, conſommant ſon ouvrage,
Eût d'un ſoufle de vie animé ſon image,
Il ſe plût à créer des animaux divers;
L'aigle au regard perçant pour regner dans les airs,
Le paon pour étaler l'iris de ſon plumage,
Le courſier pour ſervir, le loup pour le carnage,
Le chien fidéle & prompt, l'ane docile & lent,
Et le taureau farouche, & l'animal bêlant,
Le chantre des forêts, la douce touterelle,
Qu'on a cru fauſſement des amans le modéle;
L'homme les nomma tous, & par un heureux choix,
Diſcernant leurs inſtincts, aſſigna leurs emplois.

On conte que l'époux de la célébre Hortenſe
Signala pleinement ſa ſainte extravagance;
Craignant de faire un choix par ſa faible raiſon,
Il tiroit aux trois dez les rangs de ſa maiſon.

Le ſort, d'un poſtillon faiſoit un ſecrétaire,
Son cocher étonné devint homme d'affaire,
Un docteur hibernois, ſon très-digne aumonier,
Rendit grace au deſtin qui le fit cuiſinier.
On a vû quelquefois des choix auſſi bizares.
Il eſt beaucoup d'emplois, mais les talents ſont rares;
Si dans Rome avilie un Empereur brutal
Des faiſceaux d'un Conſul honora ſon cheval,
Il fut cent fois moins fou que ceux dont l'imprudence
Dans d'indignes mortels à mis ſa confiance.
L'ignorant a porté la robe de Cujas
La mître a décoré des têtes de Midas
Et tel au gouvernail a préſidé ſans peine
Qui la rame à la main dût ſervir à la chaîne.
Jamais un pareil choix ne te fut reproché,
Tu cherches, tu préviens le mérite caché;
Ainſi dans les deſerts un Botaniſte habile
Au milieu des chardons cueille une plante utile.
Ainſi ce grand Colbert, autrefois notre appui,
Ranima cent talens qui periſſoient ſans lui.
Soutiens dans ſon déclin le ſiécle qu'il fit naître:
Sers comme lui les arts, le public & ton maître.

LE TEMPLE DE L'AMITIÉ.

AU fond d'un bois à la paix consacré,
Séjour heureux de la Cour ignoré,
S'éléve un temple, où l'art & ses prestiges
N'étalent point l'orgueil de leurs prodiges;
Où rien ne trompe & n'éblouït les yeux;
Où tout est vrai, simple, & fait pour les Dieux.
De bons Gaulois de leurs mains le fonderent;
A l'Amitié leurs cœurs le dédierent.
Las! ils pensoient dans leur crédulité,
Que par leur race il seroit fréquenté.
En vieux langage on voit sur la façade
Les noms sacrés d'Oreste & de Pilade,
Le médaillon du bon Pirritoüs,
Du sage Acate & du tendre Nisus,
Tous grands Héros, tous amis véritables.
Ces noms sont beaux; mais ils sont dans les fables.

La Déïté de ces lieux écartés
Eſt ſans trépieds, ſans prêtres, ſans oracles,
Sans ornemens, fait très peu de miracles ;
Elle eſt au rang des Saints les moins fêtés,
A ſes côtés ſa fidéle interpréte,
La Vérité, charitable & diſcréte,
Toûjours utile à qui veut l'écouter,
Attend envain qu'on l'oſe conſulter :
Nul ne l'approche, & chacun la regrette.
Par contenance un livre eſt dans ſes mains,
Où ſont écrits les bienfaits des humains ;
Doux monuments d'eſtime & de tendreſſe,
Donnés ſans faſte, acceptés ſans baſſeſſe,
Du bienfaicteur noblement oubliés,
Par ſon ami ſans regret publiés.
C'eſt des vertus l'hiſtoire la plus pure :
L'hiſtoire eſt courte, & le livre eſt réduit
A deux feuillets de gothique écriture,
Qu'on n'entend plus, & que le tems détruit.
Or des humains quelle eſt donc la manie ?
Toute amitié de leurs cœurs eſt bannie :
Et cependant on les entend toûjours
De ce beau nom décorer leurs diſcours.
Chacun ſe dit à ſon culte fidele,
Ses ennemis ne jurent que par elle :

Ainsi qu'on voit devers l'Etat Romain
Des indévôts chapelet à la main.
On dit qu'un jour la Déesse en colere,
Voulut enfin que ses mignons chéris,
Si contens d'elle, & si sûrs de lui plaire;
Vinssent la voir en son sacré pourpris;
Fixa le jour, & promit un beau prix
Pour chaque couple, au cœur noble, sincere,
Tendre comme elle, & digne d'être admis,
S'il se pouvoit, au rang des vrais amis.

Au jour nommé viennent d'un vol rapide,
Tous nos Français que la nouveauté guide;
Un peuple immense inonde le parvis.
Le temple s'ouvre. On vit d'abord paraître
Deux courtisans par l'intérêt unis;
Par l'amitié tous deux ils croyoient l'être.
Vint un courier, qui dit qu'auprès du Maître
Vaquoit alors un beau poste d'honneur,
Un noble emploi de Valet Grand-Seigneur.
Nos deux amis poliment se quitterent,
Déesse, & prix, & temple abandonnerent;
Chacun des deux en son ame jurant
D'anéantir son très-cher concurrent.

Quatre dévots à la mine discrette,
Dos en arcade, & missel à la main,
Unis en Dieu de charité parfaite,

Et tout-brûlans de l'amour du prochain,
Psalmodioient & bailloient en chemin;
L'un, riche abbé, prélat à l'œil lubrique,
Au menton triple, au col apoplectique,
Porc engraissé des dixmes de Sion,
Oppressé fut d'une indigestion.
On confessa mon vieux ladre au plus vite;
D'huile il fut oint, aspergé d'Eau-bénite,
Dûment lesté par le curé du lieu
Pour son voyage au païs du bon Dieu.
Ses trois amis guaiement lui marmoterent
Un *Oremus*; en leur cœur dévorerent
Son bénéfice, & vers la Cour troterent.
Puis chacun d'eux, dévotement rival,
En se jurant fraternité sincere,
Les yeux baissés va chez le Cardinal
De Jansénisme accuser son confrere.
Guais & brillans, après un long repas,
Deux jeunes-gens se tenant sous les bras,
Lisant tout haut les lettres de leurs belles,
D'un air galant leur figure étaloient,
En détonnant quelques chansons nouvelles;
Ainsi qu'au bal à l'autel ils alloient.
Nos étourdis pour rien s'y querellerent,
De l'Amitié l'autel ensanglanterent,

Et le moins fou laiſſa, tout éperdu,
Son tendre ami ſur la place étendu.
Plus loin venoient, d'un air de complaiſance,
Liſe & Cloé, qui dès leur tendre enfance,
Se confioient leurs plaiſirs, leurs humeurs,
Et tous ces riens qui rempliſſent leurs cœurs;
Se careſſant, ſe parlant ſans rien dire,
Et ſans ſujet toujours prêtes à rire.
Mais toutes deux avoient le même amant:
A ſon nom ſeul, ô merveille ſoudaine!
Liſe & Cloé prirent tout doucement
Le grand chemin du temple de la Haine.
Enfin *Zaïre* y parut à ſon tour,
Avec ces yeux où languit la molleſſe,
Où le plaiſir brille avec la tendreſſe.
Ah! que d'ennui, dit-elle, en ce ſéjour!
Que fait ici cette triſte Déeſſe?
Tout y languit: je n'y vois point l'Amour.
Elle ſortit, vingt rivaux la ſuivirent,
Sur le chemin vingt beautés en gémirent.
Dieu ſait alors où ma *Zaïre* alla.
De l'Amitié le prix fut laiſſé-là;
Et la Déeſſe en tout lieu célébrée,
Jamais connuë & toujours déſirée,
Gela de froid ſur ſes ſacrés autels.
J'en ſuis fâché pour les pauvres mortels.

ENVOI.

MOn cœur, ami charmant & ſage,
Au vôtre n'étoit point lié,
Lorſque j'ai dit, qu'à l'Amitié
Nul mortel ne rendoit hommage.
Elle a maintenant à ſa cour
Deux cœurs dignes du premier âge.
Hélas ! le véritable Amour
En a-t-il beaucoup davantage ?

DES EMBELLISSEMENS DE PARIS.

UN ſeul citoyen qui n'étoit pas fort riche, mais qui avoit une grande ame, fit à ſes dépends la place des Victoires, & érigea par reconnaiſſance une ſtatue à ſon Roi. Il fit plus que ſept cent mille citoyens n'ont encor fait dans ce ſiécle. Nous poſſédons dans Paris dequoi acheter des royaumes; nous voyons tous les jours ce qui manque à notre ville, & nous nous contentons de murmurer! On paſſe devant le Louvre & on gémit de voir cette façade, monument de la grandeur de Louis XIV. du zéle de Colbert & du génie de Perrault, cachée par des bâtiments de Gots & de Vandales. Nous courrons aux ſpectacles, & nous ſommes indignés d'y entrer d'une maniere ſi incommode & ſi dégoutante, d'y être placés ſi mal à notre aiſe, de voir des ſalles ſi groſſiérement conſtruites, des théatres ſi mal entendus, & d'en ſortir avec plus d'embarras & de peine qu'on n'y eſt entré. Nous rougiſſons avec raiſon de voir les marchés publics établis dans des rues étroites étaler la malpropreté, répandre l'infection & cauſer des déſordres continuels. Nous n'avons que deux fontaines dans le grand goût, & il s'en faut bien qu'elles ſoient avantageuſement placées. Toutes les autres ſont dignes d'un village. Des quartiers immenſes demandent des places publiques, & tandis que l'Arc de Triomphe de la porte S. Denis, la ſtatue équeſtre de Henri le Grand, ces deux ponts, ces deux quais ſuperbes, ce Louvre, ces Tuileries, ces Champs Eliſées égalent ou ſurpaſſent les beautés de l'ancienne Rome; le centre de la ville obſcur, reſſerré, hideux, repréſente les temps de la plus honteuſe barbarie. Nous le diſons ſans ceſſe; mais juſqu'à quand le dirons-nous ſans y remédier ?

A qui appartient-il d'embellir la ville, ſinon aux habitans qui jouiſſent dans ſon ſein de tout ce que l'opulence & les plaiſirs peuvent prodiguer aux hommes ? On parle d'une place, & d'une ſtatue du Roi; mais depuis le temps qu'on en parle on a bâti une place dans Londres, & on a conſtruit un pont ſur la Tamize au milieu même d'une guerre plus funeſte & plus ruineuſe pour les Anglais que pour nous. Ne pouvant pas avoir la gloire de donner l'exemple, ayons au moins celle d'enchérir ſur les exemples qu'on nous donne. Il eſt temps que ceux qui ſont à la tête de la plus opulente Capitale de l'Europe, la rendent la plus commode & la plus magnifique. Ne ſerons-nous pas honteux à la fin de nous borner à de petits feux d'artifice, vis-à-vis un bâtiment groſſier, dans une petite place deſtinée à l'exécution des criminels ? Qu'on oſe élever ſon eſprit & on fera ce qu'on voudra. Je ne demande autre choſe, ſinon qu'on veuille avec fermeté. Il s'agit bien ſeulement d'une place ! Paris ſeroit encore très-incommode & très-irrégulier quand cette place ſeroit faite. Il faut des marchés publics, des fontaines qui donnent en effet de l'eau, des carrefours réguliers, des ſalles de ſpectacles; il faut élargir les rues étroites & infectes, découvrir les monuments qu'on ne voit point, & en élever qu'on puiſſe voir.

La baſſeſſe des idées, la crainte encore plus baſſe d'une dépenſe néceſſaire viennent combattre ces projets de grandeur que chaque bon citoyen a fait cent fois en lui-même ; on ſe décourage quand on ſonge à ce qu'il en coutera pour élever ces grands monuments, dont la plûpart deviennent chaque jour indiſpenſables, & qu'il faudra bien faire à la fin quoi qu'il en coûte. Mais au fond, il eſt bien certain qu'il n'en coutera rien à l'Etat. L'argent employé à ces nobles travaux ne ſera certainement pas payé à des étrangers. S'il falloit faire venir le fer d'Allemagne & les pierres d'Angleterre, je vous dirois, croupiſſez dans votre molle nonchalance, jouiſſez en paix des beautés que vous poſſédez, & reſtez privés de celles qui vous manquent. Mais bien-loin que l'Etat perde à ces travaux, il y gagne; tous les pauvres alors ſont utilement employés; la circulation de l'argent en augmente, & le peuple qui travaille le plus eſt toujours le plus riche.

Mais où trouver des fonds ? Et où en trouverent les premiers Rois de Rome, quand dans les temps de la pauvreté, ils bâtirent ces ſouterreins qui furent ſix cens ans après eux l'admiration de Rome riche & triomphante ? Penſons-nous que nous ſoyons moins opulents & moins induſtrieux que ces Egyptiens dont je ne vanterai pas ici les pyramides qui ne ſont que de groſſiers monuments d'oſtentation, mais dont je rappellerai tant d'ouvrages néceſſaires & admirables. Y a-t-il moins d'argent dans Paris, qu'il n'y en avoit dans Rome moderne, quand elle bâtit S. Pierre qui eſt le chef-d'œuvre de la magnificence & du goût, & quand elle éleva tant d'autres beaux morceaux d'architecture, où l'utile, le noble & l'agréable ſe trouvent enſemble. Londres n'étoit pas ſi riche que Paris, quand ſes Aldermans firent l'Egliſe de S. Paul qui eſt la ſeconde de l'Europe, & qui ſemble nous reprocher notre Cathédrale gothique. Où trouver des fonds? Et en manquons-nous, quand il faut dorer tant de cabinets & tant d'équipages, & donner tous les jours des feſtins qui ruinent la ſanté & la fortune, & qui engourdiſſent à la longue toutes les facultés de l'ame? Si nous calculions quelle eſt la circulation d'argent que le jeu ſeul opére dans Paris, nous ſerions effrayés. Je ſuppoſe que dans dix mille maiſons il y ait au moins mille francs qui circulent en perte ou en gain par maiſon chaque année; (la ſomme peut aller à dix fois au-delà) cet article ſeul, tel que je le réduis, monte à dix millions dont la perte ſeroit inſenſible.

Il y a aujourd'hui beaucoup plus d'argent monnoyé dans le Royaume, qu'il n'en poſſédoit quand Louis XIV. dépenſa quatre cent millions & davantage à Verſailles, à Trianon, à Marly: & ces quatre cent millions à vingt-ſept & vingt-huit livres le marc, font aujourd'hui beaucoup plus de ſept cent millions. Les dépenſes de trois boſquets auroient ſuffi pour les embelliſſemens néceſſaires à la Capitale. Quand un Souverain fait ces dépenſes pour lui, il témoigne ſa grandeur : quand il les fait pour le public, il témoigne ſa magnanimité. Mais dans l'un & dans l'autre cas, il encourage les arts, il fait circuler l'argent, & rien ne ſe perd dans ces entrepriſes, ſinon les remiſes faites dans les pays étrangers pour acheter chérement d'anciennes ſtatues mutilées, tandis que nous avons parmi nous des Phidias & des Praxiteles.

Le Roi par ſa grandeur d'ame & par ſon amour pour ſon peuple voudroit contribuer à rendre ſa Capitale digne de lui. Mais après tout, il n'eſt pas plus Roi des Pariſiens que des Lyonais & des Bordelois. Chaque Métropole doit ſe ſécourir elle-même. Faut-il à un particulier un arrêt du conſeil pour ajuſter ſa maiſon ? Le Roi d'ailleurs après une longue guerre n'eſt point en état à préſent de dépenſer beaucoup pour nos plaiſirs : & avant d'abattre les maiſons qui nous cachent la façade de S. Gervais, il faut payer le ſang qui a été répandu pour la patrie. D'ailleurs s'il y a aujourd'hui plus d'eſpéces dans le royaume que du temps de Louis XIV, les revenus actuels de la couronne n'approchent pas encore de ce qu'ils étoient en effet ſous ce monarque. Car dans les ſoixante & douze années de ce régne, on leva ſur la nation dix-huit milliards numéraires : ce qui fait année commune deux cent millions cinq cent mille livres à vingt-ſept, à trente livres le marc, & cette ſomme annuelle revient à environ trois cent trente millions d'aujourd'hui. Or il s'en faut beaucoup que le Roi ait ce revenu. On dit toujours *le Roi eſt riche* dans le même ſens qu'on le diroit d'un ſeigneur ou d'un particulier. Mais en ce ſens là, le Roi n'eſt point riche du tout. Il n'a preſque point de domaines; & j'obſerverai en paſſant que les temps les plus malheureux de la monarchie ont été ceux où les Rois n'avoient que leurs domaines pour réſiſter à leurs ennemis, & pour récompenſer leurs ſujets. Le Roi eſt préciſément & à la lettre l'œconome de toute la nation ; la moitié de l'argent circulant dans le Royaume, paſſe par ſes tréſoriers comme par un crible: & tout homme qui demande au Roi une gratification, une penſion, dit en effet au Roi, Sire, donnez-moi une petite portion de l'argent de mes concitoyens ; reſte à ſçavoir ſi cet homme a bien mérité de la patrie ; il eſt clair qu'alors la patrie lui doit, & le Roi le paye au nom de l'Etat. Mais il eſt clair encor que le Roi n'a pour les dépenſes arbitraires, que ce qui reſte après qu'il a ſatisfait aux dépenſes néceſſaires.

Il eſt encore très-vrai qu'il s'en faut beaucoup qu'il ſe trouve au pair, c'eſt-à-dire que toutes les dettes annuelles ſoient payées au bout de l'année ; je crois qu'il n'y a que deux Etats en Europe, l'un très-grand & l'autre-très petit où l'on ait établi cette œconomie, & nous ſommes infiniment plus riches que ces deux Etats.

Enfin, que le Roi doive beaucoup, ou peu, ou rien, il eſt encore certain qu'il ne théſauriſe pas. S'il théſauriſoit, il y perdroit lui & l'Etat. Henri IV. après des temps d'orages qui tenoient à la barbarie, gêné encore de tous les côtés, & n'obtenant que des remontrances quand il falloit de l'argent pour reprendre Amiens des mains des ennemis ; Henri IV. dis-je, eût raiſon d'amaſſer en quelques années avec ſes revenus un tréſor d'environ quarante millions, dont vingt-deux étoient enfermés dans les caves de la Baſtille. Ce tréſor de quarante millions en valoit à peuprès cent d'aujourd'hui, & toutes les denrées (excepté les ſoldats que j'ai appellés la plus néceſſaire denrée des Rois) étant aujourd'hui du double au moins plus chéres, il eſt démontré que le tréſor de Henri IV. répond à deux cent de nos millions en 1749. Cet argent néceſſaire, cet argent que ce grand Prince n'auroit pû avoir autrement, étoit perdu quand il étoit enterré: remis dans le commerce, il auroit valu à l'Etat deux millions numéraires de ſon temps au moins par année. Henri IV. y perdoit donc, & il n'eût pas enterré ce tréſor, s'il eût été aſſuré de le trouver au beſoin dans la bourſe de ſes ſujets. Il en uſoit, tout Roi qu'il étoit, comme avoient agi les particuliers dans les temps déplorables de la ligue, il enfouiſſoit ſon argent. Ce qui étoit malheureuſement néceſſaire alors, ſeroit très-déplacé aujourdhui. Le Roi a pour tréſors, la manutention, l'uſage de l'argent que lui produiſent la culture de nos terres, notre commerce, notre induſtrie, & avec cet argent il ſupporte des charges immenſes. Or de ce produit des terres, du commerce, & de l'induſtrie du Royaume, il en reſte dans Paris la plus grande partie, & ſi le Roi au bout de l'année redoit encore, c'eſt-à-dire s'il n'a pû comme nous avons dit, de ce produit annuel payer toutes les charges annuelles de l'Etat s'il n'eſt pas riche en ce ſens, la Ville de Paris n'en eſt pas moins opulente. Henri IV avoit quarante millions de livres de ſon temps, dans ſes coffres : ce n'eſt pas exagérer que de dire que les citoyens de Paris en poſſédent ſix foi sautant pour le moins en argent monnoyé. Ce n'eſt donc pas au Roi, c'eſt à nous de contribuer à préſent aux embelliſſemens de notre ville ; les riches citoyens de Paris peuvent le rendre un prodige de magnificence en donnant peu de choſe de leur ſuperflu. Y a-t-il un homme aiſé qui ait le front de dire, je ne veux pas qu'il m'en coute cent francs par an pour l'avantage du public & pour le mien ? S'il y a un homme aſſez lâche pour le penſer, il ne ſera pas aſſez effronté pour le dire. Il ne s'agit donc que de trouver une maniere de lever les fonds néceſſaires, & il y a cent façons entre leſquelles ceux qui ſont au fait, peuvent aiſément choiſir.

Que le corps de Ville demande ſeulement permiſſion de mettre une taxe modérée & proportionelle ſur les habitants, ou ſur les maiſons, ou ſur les denrées ; cette taxe preſque inſenſible, pour embellir notre ville, ſera ſans comparaiſon moins forte que celles que nous ſupportions pour voir périr ſur le Danube nos compatriotes. Que ce même Hôtel de Ville emprunte en rentes viageres, en rentes tournantes quelques millions qui feront un fonds d'amortiſſement. Qu'elle faſſe une Loterie bien combinée ; qu'elle employe une ſomme fixe de ſon revenu tous les ans ; que le Roi daigne enſuite, quand ſes affaires le permettront, concourir à ces nobles travaux, en affectant à cette dépenſe quelque partie des impôts extraordinaires que nous avons payés pendant la guerre, & que tout cet argent ſoit fidélement œconomiſé ; que les projets des artiſtes ſoient reçus au concours, que l'exécution ſoit au rabais. Il ſera facile de démontrer qu'on peut en moins de dix ans faire de Paris la merveille du monde.

Le conte que l'on fait du grand Colbert qui en peu de mois mit de l'argent dans les coffres du Roi par les dépenſes même d'un Carouſel, eſt une fable : car les Fermes n'étoient point régies pour le compte du Roi. D'ailleurs, on n'auroit pû s'appercevoir qu'à la longue de ce bénéfice. Mais c'eſt une fable qui a un très-grand ſens, & qui montre une vérité palpable.

Il eſt indubitable que de telles entrepriſes peupleront Paris de quatre ou cinq mille ouvriers de plus, qu'il en viendra encore des pays étrangers. Or la plûpart arrivent avec leurs familles, & ſi ces artiſtes gagnent quinze cent mille francs, ils en rendent un million à l'Etat par leurs dépenſes, par la conſommation des denrées ; le mouvement prodigieux d'argent que ces entrepriſes opéreroient dans Paris, augmenteroit encore de beaucoup le produit des Fermes générales. Si les citoyens qui ont le bail de ces fermes générales gagnent par cette opération quinze cent mille francs par année, s'ils ne gagnent même qu'un million, que cinq cent mille francs, feront-ils léſés qu'on leur propoſe de contribuer de trois cent mille livres par an, de cinq cent mille francs même à ce grand ouvrage ? Il y en a beaucoup parmi eux qui penſent aſſez noblement pour le propoſer eux mêmes : & les ſecours déſintéreſſés qu'ils ont donnés au Roi pendant la guerre répondent de ce qu'ils peuvent, & par conſéquent de ce qu'ils doivent faire pendant la paix pour leur patrie. Ils ont emprunté pour le Roi à cinq pour cent & n'ont reçu du Roi que ces cinq pour cent, ainſi ils ont prêté ſans intérêt. Quand M. Orri en 1743. pour favoriſer le commerce extérieur ſupprima les impôts ſur les toiles, ſur tous les ouvrages de bonneterie & les tapiſſeries à la ſortie du Royaume à commencer en 1744. les Fermiers Generaux demanderent eux-mêmes que l'impôt fut ſupprimé dès le moment, & ne voulurent pas d'indemnité. Un d'eux fournît du bled à une province qui en manquoit, ſans y faire le moindre profit, & n'accepta d'autre récompenſe, qu'une médaille que la province fit frapper à ſon honneur ; enfin il n'y a pas encor long-tems que nous avons vû un homme de finance qui ſeul avoit ſecouru l'Etat plus d'une fois, & qui laiſſa à ſa mort dix millions d'argent prêté à des particuliers, dont cinq ne portoient aucun intérêt. Il y a donc de très-grandes ames parmi ceux qu'on ſoupçonne de n'avoir que des ames intéreſſées : & le gouvernement peut exciter l'émulation de ceux qui s'étant enrichis dans les finances, doivent contribuer à la décoration d'une ville où ils ont fait leur fortune. Encore une fois il faut vouloir. Le célébre curé de S. Sulpice voulut, & il bâtit ſans aucun fonds un vaſte édifice. Il nous ſera certainement plus aiſé de décorer notre ville avec les richeſſes que nous avons, qu'il ne le fut de bâtir avec rien S. Sulpice & S. Roch. Le préjugé qui s'effarouche de tout, la contradiction qui combat tout, diront que tant de projets ſont trop vaſtes, d'une éxécution trop difficile, trop longue. Il ſont cent fois plus aiſés pourtant qu'il ne le fut de faire venir l'Eure & la Seine à Verſailles, d'y bâtir l'orangerie, & d'y faire les boſquets.

Quand

Quand Londres fut conſumée par les flammes, l'Europe diſoit, Londres ne ſera rebâtie de vingt ans, & encore verra-t-on ſon déſaſtre dans les réparations de ſes ruines. Elle fut rebâtie en deux ans, & le fut avec magnificence. Quoi, ne ſera-ce jamais qu'à la derniere extrémité que nous ferons quelque choſe de grand ? Si la moitié de Paris étoit brulée, nous la rebâtirions ſuperbe & commode : & nous ne voulons pas lui donner aujourd'hui à mille fois moins de frais, les commodités & la magnificence dont elle a beſoin ? Cependant une telle entrepriſe feroit la gloire de la nation, un honneur immortel au corps de Ville de Paris, encourageroit tous les arts, attireroit les étrangers des bouts de l'Europe, enrichiroit l'Etat bien loin de l'appauvrir, accoutumeroit au travail mille indignes fainéants qui ne fondent actuellement leur miſérable vie que ſur le métier infame & puniſſable de mendians, & qui contribuent encore à déshonorer notre ville ; il en réſulteroit le bien de tout le monde, & plus d'une ſorte de bien. Voilà ſans contredit l'effet de ces travaux qu'on propoſe, que tous les citoyens ſouhaitent, & que tous les citoyens négligent. Faſſe le Ciel qu'il ſe trouve quelque homme aſſez zélé pour embraſſer de tels projets, d'une ame aſſez ferme pour les ſuivre, d'un eſprit aſſez éclairé pour les rédiger, & qui ſoit aſſez accrédité pour les faire réuſſir. Si dans notre ville immenſe il ne ſe trouve perſonne qui s'en charge, ſi on ſe contente d'en parler à table, de faire d'inutiles ſouhaits, ou peut-être des plaiſanteries impertinentes, il faut pleurer ſur les ruines de Jéruſalem.

BABOUC

OU

LE MONDE COMME IL VA.

BABOUC
OU
LE MONDE COMME IL VA.

CHAPITRE I.

PARMI les génies qui présìdent aux empires du monde, Ituriel tient un des premiers rangs & il a le département de la haute Asie. Il descendit un matin dans la demeure du Scite Babouc sur le rivage de l'Oxus & lui dit, Babouc, les folies & les excès des Perses ont attiré notre colére ; il s'est tenu hier une assemblée des génies de la haute Asie pour savoir si on châtiroit Persepolis, ou si on la détruiroit. Va dans cette ville, examine tout; tu reviendras m'en rendre un compte fidéle ; & je me déterminerai sur ton rapport, à corriger la ville ou à l'exterminer. Mais, Seigneur, dit humblement Babouc, e n'ai jamais été en Perse ; je n'y connais personne. Tant mieux, dit l'Ange, tu ne feras point partial, tu as reçu du ciel le discernement, c'est un assez beau présent, & j'y ajoute le don d'inspirer la confiance : marche, regarde, écoute, observe, & ne crains rien, tu seras partout bien reçu.

Babouc monta sur son chameau, & partit avec ses serviteurs. Au bout de quelques journées il rencontra vers les plaines de Sennaar l'armée Persanne qui alloit combattre l'armée Indienne ; il s'adressa d'abord à un soldat, qu'il trouva écarté. Il lui parla & lui demanda, quel étoit le sujet de la guerre. Par tous les Dieux, dit le soldat, je n'en sçais rien. Ce n'est pas mon affaire, mon métier est de tuer & d'être tué pour gagner ma vie ; il n'importe qui je serve. Je pourrois bien même dès demain passer dans le camp des Indiens ; car on dit, qu'ils donnent près d'un demi dracme de cuivre par jour à leurs soldats, de plus que nous n'en avons dans ce maudit service de Perse : Si vous voulez savoir pourquoi on se bat, parlez à mon capitaine.

Babouc ayant fait un petit présent au soldat, entra dans le camp ; il fit bientôt connaissance avec le capitaine, & lui demanda le sujet de la guerre. Comment voulez-vous que je le sache, dit le capitaine, & que m'importe ce beau sujet ? J'habite à deux cens lieues de Persépolis. J'entends dire que la guerre est déclarée, j'abandonne auſſi-tôt ma famille, & je vais chercher ſelon notre coutume la fortune ou la mort, attendu que je n'ai rien à faire. Mais vos camarades, dit Babouc, ne ſont-ils pas un peu plus inſtruits que vous? Non, dit l'Officier, il n'y a guéres que nos principaux Satrapes qui ſavent bien préciſément pourquoi on s'égorge.

Babouc étonné s'introduiſit chez les Généraux, il entra dans leur familiarité. L'un d'eux lui dit enfin, la cauſe de cette guerre qui déſole depuis vingt ans l'Aſie, vient originairement d'une querelle entre un eunuque d'une femme du grand roi de Perſe & un commis d'un bureau du grand roi des Indes. Il s'agiſſoit d'un droit, qui revenoit à peu près à la trentiéme partie d'une darique. Le premier miniſtre des Indes & le nôtre ſoutinrent dignement les droits de leurs maîtres: la querelle s'échauffa. On mit de part & d'autre en campagne une armée d'un million de ſoldats. Il faut recruter cette armée tous les ans de plus de quatre cens mille hommes, les meurtres, les incendies, les ruines, les dévaſtations ſe multiplient: l'univers ſouffre & l'acharnement continue. Notre premier miniſtre & celui des Indes proteſtent ſouvent qu'ils n'agiſſent que pour le bonheur du genre humain, & à chaque proteſtation il y a toujours quelque ville détruite & quelque province ravagée.

Le lendemain ſur un bruit qui ſe répandit que la paix alloit être conclue, le général Perſan & le général Indien s'empreſſerent de donner bataille : elle fut ſanglante. Babouc en vit toutes les fautes, & toutes les abominations, il fut témoin des manœuvres des principaux Satrapes, qui firent ce qu'ils purent pour faire battre leur chef. Il vit des officiers tués par leurs propres troupes, il vit des ſoldats qui achevoient d'égorger leurs camarades expirans, pour leur arracher quelques lambeaux ſanglans, déchirés & couverts de ſang; il entra dans les hôpitaux où l'on tranſportoit les bleſſés, dont la plûpart expiroient par la négligence inhumaine de ceux même, que le roi de Perſe payoit chérement pour les ſécourir. Sont-ce là des hommes, s'écria Babouc, ou des bêtes féroces ? Ah, je vois bien que Perſépolis ſera détruite.

Occupé de cette penſée il paſſa dans le camp des Indiens, il y fut auſſi bien reçu que dans celui des Perſes, ſelon ce qui lui avoit été prédit, mais il y vit tous les mêmes excès qui l'avoient ſaiſi d'horreur. Oh, oh, dit-il en lui-même : Si l'Ange Ituriel veut exterminer les Perſans, il faut

faut donc que l'Ange des Indes détruise aussi les Indiens. S'étant ensuite informé plus en détail de ce qui s'étoit passé dans l'une & l'autre armée, il apprit des actions de générosité, de grandeur d'ame, d'humanité, qui l'étonnerent & le ravirent; inexplicables humains, s'écria-t-il, comment pouvez-vous réunir tant de bassesse & de grandeur, tant de vertus & de crimes?

Cependant la paix fut déclarée, les chefs des deux armées, qui avoient chacun remporté des victoires, mais qui pour leur seul intérêt avoient fait verser le sang de tant d'hommes leurs semblables, allerent briguer dans leurs cours des récompenses. On célébra la paix dans des écrits publics, qui n'annonçoient que le retour de la vertu & de la félicité sur la terre. Dieu soit loué, dit Babouc; Persépolis sera le séjour de l'innocence épurée; elle ne sera point détruite comme le vouloient ces vilains génies. Courons sans tarder dans cette capitale de l'Asie.

CHAPITRE II.

IL arriva dans cette ville immenſe par l'ancienne entrée qui étoit toute barbare, & dont la ruſticité dégoutante offenſoit les yeux. Toute cette partie de la ville ſe reſſentoit du tems où elle avoit été bâtie ; car malgré l'opiniâtreté des hommes à louer l'antique aux dépens du moderne ,il faut avouer qu'en tout genre les premiers eſſais ſont toujours groſſiers.

Babouc ſe mêla dans la foule d'un peuple compoſé de ce qu'il y avoit de plus ſale & de plus laid dans les deux ſexes ; cette foule ſe précipitoit d'un air hébêté dans un enclos vaſte & ſombre. Au bourdonnement continuel , au mouvement qu'il y remarqua , à l'argent que quelques perſonnes donnoient à d'autres pour avoir droit de s'aſſeoir , il crut être dans un marché où l'on vendoit des chaiſes de paille : mais bientôt voyant que pluſieurs femmes ſe mettoient à genoux en faiſant ſemblant de regarder fixement devant elles, & en regardant les hommes de côté , il s'apperçut qu'il étoit dans un temple. Des voix aigres , rauques , ſauvages , diſcordantes faisoient retentir la voute de sons mal-articulés, qui faisoient le même effet que les voix des Onagres quand elles répondent dans les plaines des Pictaves au cornet à bouquin qui les appelle. Il se bouchoit les oreilles, mais il fut près de se boucher encore les yeux & le nez, quand il vit entrer dans ce Temple des ouvriers avec des pinces & des pelles, ils remuerent une large pierre, & jetterent à droite & à gauche une terre dont s'exhaloit une odeur empestée; ensuite on vint poser un mort dans cette ouverture, & on remit la pierre par-dessus. Quoi, s'écria Babouc, ces peuples enterrent leurs morts dans les mêmes lieux où ils adorent la Divinité? Quoi, leurs Temples sont pavés de cadavres? Je ne m'étonne plus de ces maladies pestilentielles qui désolent souvent Persépolis. La pourriture des morts & celle de tant de vivans rassemblés & pressés dans le même lieu est capable d'empoisonner le globe terrestre: Ah, la vilaine ville que Persépolis, & que je vais conseiller à Ituriel de la détruire!

CHAPITRE III.

CEpendant le ſoleil approchoit du haut de ſa carriere ; Babouc devoit aller dîner à l'autre bout de la ville chez une dame pour laquelle ſon mari, Officier de l'armée, lui avoit donné des lettres ; il fit d'abord pluſieurs tours dans Perſépolis, il vit d'autres temples mieux bâtis & mieux ornés, remplis d'un peuple poli, & retentiſſans d'une muſique harmonieuſe ; il remarqua des fontaines publiques, leſquelles quoique mal placées frappoient les yeux par leur beauté, des places où ſembloient reſpirer en bronze les meilleurs rois, qui avoient gouverné la Perſe, d'autres places où il entendoit le peuple s'écrier, quand verrons-nous ici le maître que nous chériſſons ? Il admira les ponts magnifiques élevés ſur le fleuve, les quais ſuperbes & commodes, les palais bâtis à droite & à gauche, une maiſon immenſe, où des milliers de vieux ſoldats bleſſés & vainqueurs rendoient chaque jour graces au Dieu des armées ; il entra enfin chez la dame qui l'attendoit à dîner avec une compagnie d'honnêtes gens. La maiſon étoit propre & ornée, le repas délicieux, la dame jeune, belle, ſpirituelle, engageante, la compagnie digne d'elle ; & Babouc diſoit en lui-même, à tout moment, l'Ange Ituriel ſe moque du monde de vouloir détruire une ville ſi charmante.

CHAPITRE IV.

CEpendant il s'apperçut que la dame qui avoit commencé par lui demander tendrement des nouvelles de ſon mari, parloit plus tendrement encore ſur la fin du repas à un jeune mage. Il vit un magiſtrat qui en préſence de ſa femme preſſoit avec vivacité une veuve, & cette veuve indulgente lorgnoit vivement le magiſtrat, tandis qu'elle tendoit la main à un jeune citoyen très-beau & très-modeſte ; la femme du magiſtrat ſe leva de table la premiere, pour aller entretenir dans un cabinet voiſin ſon directeur qui arrivoit trop tard, & qu'on avoit attendu à dîner ; & le directeur, homme éloquent, lui parla dans ce cabinet avec tant de véhémence & d'onction, que la dame avoit, quand elle revint, les yeux humides, les joues enflammées, la démarche mal aſſûrée, la parole tremblante.

Alors Babouc commença à craindre que le génie Ituriel n'eut raiſon. Le talent qu'il avoit d'attirer la confiance le mit dès le jour même dans les ſecrets de la dame ; elle lui confia ſon goût pour le jeune mage : & l'assûra que dans toutes les maisons de Persépolis, il trouveroit l'équivalent de ce qu'il avoit vû dans la sienne. Babouc conclut qu'une telle société ne pouvoit subsister, que la jalousie, la discorde, la vengeance devoient désoler toutes les maisons, que les larmes & le sang devoient couler tous les jours ; que certainement les maris tueroient les galans de leurs femmes ou en seroient tués, & qu'enfin Ituriel faisoit fort bien de détruire tout d'un coup une ville abandonnée à de continuels désastres.

CHAPITRE V.

IL étoit plongé dans ces idées funeſtes, quand il ſe préſenta à la porte un homme grave en manteau noir, qui demanda humblement à parler au jeune magiſtrat. Celui-ci ſans ſe lever, ſans le regarder lui donna fiérement & d'un air diſtrait quelques papiers, & le congédia. Babouc demanda quel étoit cet homme ; la maîtreſſe de la maiſon lui dit tout bas ; c'eſt un des meilleurs avocats de la ville, il y a cinquante ans qu'il étudie les loix : Monſieur qui n'a que vingt-cinq ans & qui eſt ſatrape de loi depuis deux jours, lui donne à faire l'extrait d'un procès qu'il doit juger, qu'il n'a pas encore examiné. Ce jeune étourdi fait ſagement, dit Babouc, de demander conſeil à un vieillard ; mais pourquoi n'eſt-ce pas ce vieillard qui eſt juge ? Vous vous moquez, lui dit-on, jamais ceux qui ont vieilli dans les emplois laborieux & ſubalternes ne parviennent aux dignités. Ce jeune homme a une grande charge, parce que ſon pere eſt riche, & qu'ici le droit de rendre la juſtice s'achéte comme une métairie. O mœrus ! o malheureuſe ville, s'écria Babouc, voilà le comble du déſordre : ſans doute ceux qui ont ainſi acheté le droit de juger, vendent leurs jugemens ; je ne vois ici que des abîmes d'iniquité.

Comme il marquoit ainſi ſa douleur & ſa ſurpriſe, un jeune guerrier qui étoit revenu ce jour même de l'armée, lui dit, pourquoi ne voulez-vous pas qu'on achéte les emplois de la robe ? j'ai bien acheté moi le droit d'affronter la mort à la tête de deux mille hommes que je commande ; il m'en a couté quarante mille dariques d'or cette année, pour coucher ſur la terre trente nuits de ſuite en habit rouge & pour recevoir enſuite deux bons coups de fléche dont je me ſens encore. Si je me ruine pour ſervir l'empereur Perſan que je n'ai jamais vû, M. le ſatrape de robe peut bien payer quelque choſe, pour avoir le plaiſir de donner audience à des plaideurs. Babouc indigné ne put s'empêcher de condamner dans ſon cœur un païs où l'on mettoit à l'encan les dignités de la paix & de la guerre ; il conclut précipitamment que l'on y devoit ignorer abſolument la guerre & les loix, & que quand même Ituriel n'extermineroit pas ces peuples, ils périroient par leur déteſtable adminiſtration.

Sa mauvaiſe opinion augmenta encore à l'arrivée d'un gros homme qui ayant falué très familiérement toute la compagnie, s'approcha du jeune Officier & lui dit : Je ne peux vous prêter que cinquante mille dariques d'or, car en vérité les douanes de l'empire ne m'en ont rapporté que trois cens mille cette année. Babouc s'informa quel étoit cet homme qui se plaignoit de gagner si peu, il apprit qu'il y avoit dans Persépolis soixante & douze rois plébéiens qui tenoient à bail l'empire de Perse, & qui en rendoient quelque chose au Monarque.

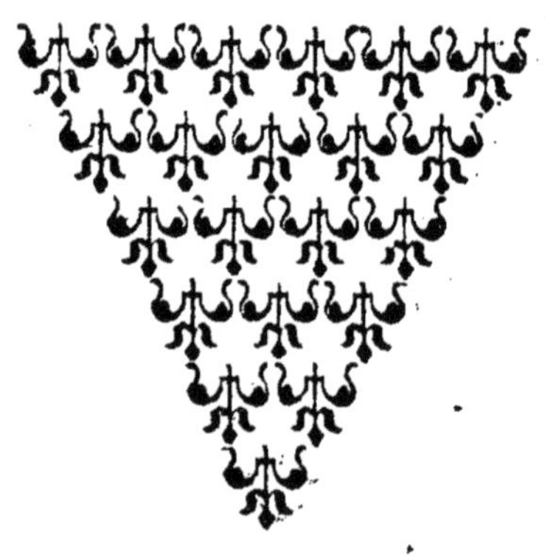

CHAPITRE VI.

APrès dîné il alla dans un des plus ſuperbes temples de la ville, il s'aſſit au milieu d'une troupe de femmes & d'hommes qui étoient venu là pour paſſer le tems. Un mage parut dans une machine élevée qui parla long-tems du vice & de la vertu. Ce mage diviſa en pluſieurs parties ce qui n'avoit nul beſoin d'être diviſé, il prouva méthodiquement tout ce qui étoit clair, il enſeigna tout ce qu'on ſavoit. Il ſe paſſionna froidement, & ſortit ſuant & hors d'haleine. Toute l'aſſemblée alors ſe réveilla, & crut avoir aſſiſté à une inſtruction. Babouc dit, voilà un homme qui a fait de ſon mieux pour ennuyer deux ou trois cent de ſes concitoyens; mais ſon intention étoit bonne, & il n'y a pas là de quoi détruire Perſépolis.

Au ſortir de cette aſſemblée on le mena voir une fête publique qu'on donnoit tous les jours de l'année. C'étoit dans une eſpéce de baſilique au fonds de laquelle on voyoit un palais. Les plus belles citoyennes de Perſépolis, les plus conſidérables ſatrapes rangés avec ordre formoient un ſpectacle ſi beau, que Babouc crut d'abord que c'étoit là toute la fête. Deux ou trois perſonnes qui paraiſſoient des rois & des reines parurent bientôt dans le veſtibule de ce palais ; leur langage étoit très-différent de celui du peuple ; il étoit meſuré, harmonieux & ſublime : perſonne ne dormoit, on écoutoit dans un profond ſilence, qui n'étoit interrompu que par les témoignages de la ſenſibilité & de l'admiration publique. Le devoir des rois, l'amour de la vertu, les dangers des paſſions étoient exprimés par des traits ſi vifs & ſi touchans, que Babouc verſa des larmes. Il ne douta pas que ces héros & ces héroines, ces rois & ces reines qu'il venoit d'entendre, ne fuſſent les prédicateurs de l'empire ; il ſe propoſa même d'engager Ituriel à les venir entendre ; bien ſûr qu'un tel ſpectacle le reconcilieroit pour jamais avec la ville.

Dès que cette fête fut finie, il voulut voir la principale reine qui avoit débité dans ce beau palais une morale ſi noble & ſi pure ; il ſe fit introduire chez ſa majeſté : on le mena par un petit eſcalier, au ſecond étage dans un appartement mal meublé, où il trouva une femme mal vêtue qui lui dit d'un air noble & pathétique : Ce métier ci ne me donne pas de quoi vivre ; un des Princes que vous avez vûs m'a fait un enfant. J'accoucherai bientôt ; je manque d'argent, & sans argent on n'accouche point. Babouc lui donna cent dariques d'or, en disant s'il n'y avoit que ce mal-là dans la ville, Ituriel auroit tort de se tant fâcher.

De-là, il alla passer la soirée chez des marchands de magnificences inutiles. Un homme intelligent, avec lequel il avoit fait connaissance, l'y mena ; il acheta ce qui lui plut, & on le lui vendit avec politesse beaucoup plus qu'il ne valoit. Son ami de retour chez lui, lui fit voir combien on le trompoit. Babouc mit sur ses tablettes le nom du marchand pour le faire distinguer par Ituriel au jour de la punition de la ville. Comme il écrivoit, on frappa à sa porte, c'étoit le marchand lui-même qui venoit lui rapporter sa bourse que Babouc avoit laissée par mégarde sur son comptoir. Comment se peut-il, s'écria Babouc, que vous soyez si fidéle & si généreux, après n'avoir pas eu honte de me vendre des colifichets quatre fois au-dessus de leur valeur ?

Il n'y a aucun négociant un peu connu dans cette ville, lui répondit le marchand, qui ne fut venu vous rapporter votre bourſe ; mais on vous a trompé quand on vous a dit que je vous avois vendu ce que vons avez pris chez moi quatre fois plus qu'il ne vaut ; je vous l'ai vendu dix fois davantage : & cela eſt ſi vrai, que ſi dans un mois vous voulez le revendre, vous n'en aurez pas même ce dixiéme. Mais rien n'eſt plus juſte ; c'eſt la fantaiſie paſſagère des hommes, qui met le prix à ces choſes frivoles; c'eſt cette fantaiſie, qui fait vivre cent ouvriers que j'employe, c'eſt elle qui me donne une belle maiſon, un char commode, des chevaux ; c'eſt elle qui excite l'induſtrie, qui entretient le goût, la circulation & l'abondance.

Je vends aux nations voiſines les mêmes bagatelles plus chérement qu'à vous, & par-là je ſuis utile à l'empire. Babouc, après avoir un peu rêvé, le raya de ſes tablettes ; car enfin diſoit-il, les arts du luxe ne ſont en grand nombre dans un empire que quand tous les arts néceſſaires ſont exercés, & que la nation eſt nombreuſe & opulente. Ituriel me parait un peu ſévère.

CHAPITRE VII.

BAbouc fort incertain ſur ce qu'il devoit penſer de Perſépolis, réſolut de voir les mages & les lettrés; car les uns étudient la ſageſſe & les autres la Religion, & il ſe flatta que ceux-là obtiendroient grace pour le reſte du peuple. Dès le lendemain matin il ſe tranſporta dans un collége de mages. L'Archimandrite lui avoua qu'il avoit cent mille écus de rente pour avoir fait vœu de pauvreté, & qu'il exerçoit un empire aſſez étendu en vertu de ſon vœu d'humilité; après quoi il laiſſa Babouc entre les mains d'un petit frere, qui lui fit les honneurs.

Tandis que ce frere lui montroit les magnificences de cette maiſon de pénitence, un bruit ſe répandit qu'il étoit venu pour réformer toutes ces maiſons. Auſſi-tôt il reçut des mémoires de chacunes d'elles; & les mémoires diſoient tous en ſubſtance: *Conſervez-nous, & détruiſez toutes les autres.* A entendre leurs apologies, ces ſociétés étoient toutes néceſſaires. A entendre leurs accuſations réciproques, elles méritoient toutes d'être anéanties. Il admiroit comme il n'y en avoit aucune d'elles, qui pour édifier l'Univers ne voulut en avoir l'empire. Alors il ſe préſenta un petit homme, qui étoit un demi mage, & qui lui dit à l'oreille, je vois bien que l'œuvre va s'accomplir; car Zerdust est revenu sur la terre, les petites filles prophétisent en se faisant donner des coups de pincette par devant & le fouët par derriere. Il est évident que le monde va finir : ne pourriez-vous point, avant cette belle époque, nous protéger contre le grand Lama ? quel galimathias, dit Babouc, contre le grand Lama ? contre ce Pontife Roi qui réside au Tibet ? Oui, dit le petit demi mage avec un air opiniâtre, contre lui-même. Vous lui faites donc la guerre, vous avez donc des armées ? dit Babouc : non, dit l'autre, mais nous avons écrit contre lui trois ou quatre mille gros livres qu'on ne lit point, & autant de brochures, que nous faisons lire par des femmes. A peine a-t-il entendu parler de nous, il nous a seulement fait condamner comme un maître ordonne qu'on échenille les arbres de ses jardins. Babouc frémit de la folie de ces hommes qui faisoient profession de sagesse, des intrigues de ceux qui avoient renoncé au monde, de l'ambition & de la convoitise orgueilleuse de ceux qui enseignoient l'humilité & le désintéressement; il conclut qu'Ituriel avoit de bonnes raisons pour détruire toute cette engeance.

CHAPITRE

CHAPITRE VIII.

RETiré chez lui, il envoya chercher des livres nouveaux pour adoucir ſon chagrin, & il pria à dîner quelques lettrés pour ſe réjouir. Il en vint deux fois plus qu'il n'en avoit demandé, comme les guêpes que le miel attire : ces paraſites ſe preſſoient de manger & de parler ; ils louoient deux ſortes de perſonnes, les morts & eux-mêmes, & jamais leurs contemporains, excepté le maître de la maiſon. Si quelqu'un d'eux diſoit un bon mot, les autres baiſſoient les yeux, & ſe mordoient les lévres de douleur de ne l'avoir pas dit. Ils avoient moins de diſſimulation que les mages, parce qu'ils n'avoient pas de ſi grands objets d'ambition. Chacun d'eux briguoit une place de valet, & une réputation de grand-homme ; ils ſe diſoient en face des choſes inſultantes qu'ils croyoient des traits d'eſprit. Le repas fini, chacun d'eux s'en alla ſeul ; car il n'y avoit pas dans toute la troupe deux hommes qui puſſent ſe ſouffrir, ni même ſe parler ailleurs que chez les riches qui les invitoient à leur table : Babouc jugea qu'il n'y auroit pas grand mal, quand cette vermine périroit dans la destruction générale.

CHAPITRE IX.

DEs qu'il ſe fut défait d'eux, il ſe mit à lire quelques livres nouveaux. Il y reconnut l'eſprit de ſes convives. Il vit ſur-tout avec indignation ces gazettes de la médiſance, ces archives du mauvais goût, que l'envie, la baſſeſſe & la faim ont dictées. Ces laches ſatires où l'on ménage le vautour & où l'on déchire la colombe ; ces romans dénués d'imagination, où l'on voit tant de portraits de femmes que l'auteur ne connaît pas.

Il jetta au feu tous ces déteſtables écrits, & ſortit pour aller le ſoir à la promenade. On le préſenta à un vieux lettré, qui n'étoit point venu groſſir le nombre de ſes paraſites. Ce lettré fuyoit toujours la foule, connaiſſoit les hommes, en faiſoit uſage & ſe communiquoit avec diſcrétion. Babouc lui parla avec douleur de ce qu'il avoit lû & de ce qu'il avoit vû.

Vous avez lû des choſes bien mépriſables, lui dit le ſage lettré ; mais dans tous les tems & dans tous les païs & dans tous les genres, le mauvais fourmille, & le bon eſt rare. Vous avez reçû chez vous le rebut de la pédanterie, parce que dans toutes les professions ce qu'il y a de plus indigne de paraître est toujours ce qui se présente avec le plus d'impudence. Les véritables sages vivent entr'eux retirés & tranquilles; il y a encore parmi nous des hommes & des livres dignes de votre attention. Dans le tems qu'il parloit ainsi, un autre lettré les joignit; leurs discours furent si agréables & si instructifs, si élevés au-dessus des préjugés, & si conformes à la vertu, que Babouc avoua n'avoir jamais rien entendu de pareil. Voilà des hommes, disoit-il tout bas, à qui l'Ange Ituriel n'osera toucher, ou il sera bien impitoyable.

Racommodé avec les lettrés, il étoit toujours en colére contre le reste de la nation. Vous êtes étranger, lui dit l'homme judicieux, qui lui parloit; les abus se présentent à vos yeux en foule, & le bien qui est caché & qui résulte quelquefois de ces abus mêmes vous échappe. Alors ils le menerent chez le principal mage qu'on appelloit le surveillant. Babouc vit dans ce mage un homme digne d'être à la tête des justes; il sçut qu'il y en avoit beaucoup qui lui ressembloient: il conçut même que ces grands corps, qui sembloient en se choquant préparer leurs communes ruines, étoient au fonds des institutions salutaires ; que chaque société de mages étoit un frein à ses rivales ; que si ces émules différoient dans quelques opinions, ils enseignoient tous la même morale, qu'ils instruisoient le peuple, & qu'ils vivoient soumis aux loix ; semblables aux précepteurs qui veillent sur le fils de la maison, tandis que le maître veille sur eux-mêmes. Il en pratiqua plusieurs & vit des ames célestes. Il apprit même que parmi les fous qui prétendoient faire la guerre au grand Lama, il y avoit eu de très-grands hommes. Il soupçonna enfin qu'il pourroit bien être des mœurs de Persépolis comme des édifices, dont les uns lui avoient paru dignes de pitié, & les autres l'avoient ravi en admiration.

CHAPITRE X.

IL dit à son lettré, je conçois très-bien que ces mages que j'avois crû si dangereux sont en effet très-utiles, sur-tout quand un gouvernement sage les empêche de se rendre trop nécessaires; mais vous m'avouerez au moins que vos jeunes magistrats qui achétent une charge de Juge dès qu'ils ont appris à monter à cheval, doivent étaler dans leurs tribunaux tout ce que l'impertinence a de plus ridicule, & tout ce que l'iniquité a de plus pervers; il vaudroit mieux sans doute donner ces places gratuitement à ces vieux Jurisconsultes, qui ont passé toute leur vie à peser le pour & le contre.

Le lettré lui répliqua : vous avez vû notre armée avant d'arriver à Persépolis; vous sçavez que nos jeunes Officiers se battent très-bien, quoiqu'ils ayent acheté leurs charges. Peut-être verrez-vous que nos jeunes magistrats ne jugent pas mal, quoiqu'ils ayent payé pour juger.

Il le mena le lendemain au grand Tribunal, où l'on devoit rendre un arrêt important. La caufe étoit connue de tout le monde. Tous ces vieux avocats qui en parloient, étoient flotans dans leurs opinions ; ils alléguoient cent loix, dont aucune n'étoit applicable au fonds de la queftion ; ils regardoient l'affaire par cent côtés, dont aucun n'étoit dans fon vrai jour ; les Juges déciderent plus vite que les avocats ne douterent. Leur jugement fut prefque unanime, ils jugerent bien, parce qu'ils fuivoient les lumieres de la raifon, & les autres avoient opiné mal, parce qu'ils n'avoient confulté que leurs livres.

Babouc conclut qu'il y avoit fouvent de très bonnes chofes dans les abus. Il vit dès le jour même que les richeffes des Financiers qui l'avoient tant révolté, pouvoient produire un effet excellent. Car l'Empereur ayant eu befoin d'argent, il trouva en une heure par leur moyen ce qu'il n'auroit pas eu en fix mois par les voyes ordinaires ; il vit que ces gros nuages enflés de la rofée de la terre, lui rendoient en pluye ce qu'ils en recevoient. D'ailleurs les enfans de ces hommes nouveaux fouvent mieux élevés que ceux des familles plus anciennes, valoient quelquefois beaucoup mieux ; car rien n'empêche qu'on ne soit un bon Juge, un brave Guerrier, un homme d'Etat habile, quand on a eu un pere bon calculateur.

CHAPITRE XI.

INſenſiblement Babouc faiſoit grace à l'avidité du Financier, qui n'eſt pas au fond plus avide que les autres hommes, & qui eſt très-néceſſaire. Il excuſoit la folie de ſe ruiner pour juger & pour ſe battre, folie qui produit de grands Magiſtrats & des Héros. Il pardonnoit à l'envie des lettrés parmi leſquels il ſe trouvoit des hommes qui éclairoient le monde; il ſe réconcilioit avec les mages ambitieux & intriguans, chez leſquels il y avoit plus de grandes vertus encore que de petits vices; mais il lui reſtoit bien des griefs, & ſur-tout les galanteries des Dames; & les déſolations qui en devoient être la ſuite, le rempliſſoient d'inquiétude & d'effroi.

Comme il vouloit pénétrer dans toutes les conditions humaines, il ſe fit mener chez un miniſtre; mais il trembloit toujours en chemin que quelque femme ne fut aſſaſſinée en ſa préſence par ſon mari. Arrivé chez l'homme d'Etat, il reſta deux heures dans l'antichambre ſans être annoncé, & deux heures encore après l'avoir été. Il ſe promettoit bien dans cet intervalle de recommander à l'Ange Ituriel & le ministre & les insolens huissiers. L'antichambre étoit remplie de Dames de tout étage, de mages de toutes couleurs, de Juges, de marchands, d'officiers, de pédans; tous se plaignoient du ministre. L'avare & l'usurier disoient, sans doute cet homme-là pille les provinces; le capricieux lui reprochoit d'être bizarre; le voluptueux disoit, il ne songe qu'à ses plaisirs; l'intriguant se flatoit de le voir bientôt perdu par une cabale; les femmes espéroient qu'on leur donneroit bientôt un ministre plus jeune.

Babouc entendoit leurs discours, il ne put s'empêcher de dire, voilà un homme bienheureux: il a tous ses ennemis dans son antichambre, il écrase de son pouvoir ceux qui l'envient; il voit à ses pieds ceux qui le détestent; il entra enfin: il vit un petit vieillard courbé sous le poids des années & des affaires, mais encore vif & plein d'esprit.

Babouc lui plut, & il parut à Babouc un homme estimable. La conversation devint intéressante, le ministre lui avoua qu'il étoit un homme très-malheureux, qu'il passoit pour riche, & qu'il étoit pauvre, qu'on le croyoit tout-puissant, & qu'il étoit toujours contredit, qu'il n'avoit guére obligé que des ingrats, & que dans un travail continuel de quarante années, il avoit eu à peine un moment de consolation. Babouc en fut touché, & pensa que si cet homme avoit fait des fautes, & si l'Ange Ituriel vouloit le punir, il ne falloit pas l'exterminer, mais seulement lui laisser sa place.

CHAPITRE XII.

TAndis qu'il parloit au miniſtre, entre brusquement la belle dame chez qui Babouc avoit dîné ; on voyoit dans ſes yeux & ſur ſon front les ſymptômes de la douleur & de la colére. Elle éclata en reproches contre l'homme d'Etat, elle verſa des larmes, elle ſe plaignit avec amertume de ce qu'on avoit refuſé à ſon mari une place où ſa naiſſance lui permettoit d'aſpirer & que ſes ſervices & ſes bleſſures méritoient ; elle s'exprima avec tant de force, elle mit tant de graces dans ſes plaintes, elle détruiſit les objections avec tant d'adreſſe, elle fit valoir les raiſons avec tant d'éloquence, qu'elle ne ſortit point de la chambre ſans avoir fait la fortune de ſon mari.

Babouc lui donna la main : eſt-il poſſible, Madame, lui dit-il, que vous vous ſoyez donnée toute cette peine pour un homme que vous n'aimez point, & dont vous avez tout à craindre ? Un homme que je n'aime point, s'écria-t-elle ? Sachez que mon mari eſt le meilleur ami que j'aye au monde, qu'il n'y a rien que je ne lui ſacrifie hors mon amant ; & qu'il feroit tout pour moi hors de quitter ſa maîtreſſe. Je veux vous la faire connaître, c'eſt une femme charmante, pleine d'eſprit & du meilleur caractère de monde ; nous ſoupons enſemble ce ſoir avec mon mari & mon petit mage, venez partager notre joye.

La Dame mena Babouc chez elle. Le mari qui étoit enfin arrivé plongé dans la douleur, revit ſa femme avec des tranſports d'allégreſſe & de reconnaiſſance ; il embraſſoit tour à tour ſa femme, ſa Maîtreſſe, le petit Mage & Babouc. L'union, la gayeté, l'eſprit & les graces furent l'ame de ce repas ; apprenez, lui dit la belle Dame chez laquelle il ſoupoit, que celles qu'on appelle quelquefois de malhonnêtes femmes ont preſque ſouvent le mérite d'un très-honnête homme ; & pour vous en convaincre, venez demain dîner avec moi chez la belle Téone. Il y a quelques vieilles veſtales qui la déchirent ; mais elle fait plus de bien qu'elles toutes enſemble. Elle ne commettroit pas une légère injuſtice pour le plus grand intérêt ; elle ne donne à ſon amant que des conſeils généreux ; elle n'eſt occupée que de ſa gloire ; il rougiroit devant elle, s'il avoit laiſſé échapper une occaſion de faire du bien : car rien n'encourage plus aux actions vertueuſes, que d'avoir pour témoin & pour juge de ſa conduite une Maîtreſſe dont on veut mériter l'eſtime.

Babouc ne manqua pas au rendez-vous. Il vit une maiſon où régnoient tous les plaiſirs ; Téone régnoit ſur eux ; elle ſçavoit parler à chacun ſon langage. Son eſprit naturel mettoit à ſon aiſe celui des autres ; elle plaiſoit ſans preſque le vouloir, elle étoit auſſi aimable que bienfaiſante, & ce qui augmentoit le prix de toutes ſes bonnes qualités, elle étoit belle.

Babouc, tout Scite & tout envoyé qu'il étoit d'un génie, s'apperçut que s'il reſtoit encore à Perſépolis, il oublieroit Ituriel pour Téone. Il s'affectionnoit à la ville dont le peuple étoit poli, doux & bienfaiſant, quoique léger, médiſant & plein de vanité. Il craignoit que Perſépolis ne fut condamnée ; il craignoit même le compte qu'il alloit rendre.

Voici comme il s'y prit pour rendre ce compte. Il fit faire par le meilleur fondeur de la ville une petite ſtatue compoſée de tous les métaux des terres & des pierres les plus prétieuſes, & les plus viles, il la porta à Ituriel. Caſſerez-vous, dit-il, cette jolie ſtatue parce que tout n'y eſt pas or & diamans ? Ituriel entendit à demi-mot ; il résolut de ne pas même ſonger à corriger Perſépolis, & de laiſſer aller le monde comme il va ; car dit-il : *Si tout n'eſt pas bien*, tout eſt paſſable.

FIN.

www.ingramcontent.com/pod-product-compliance
Ingram Content Group UK Ltd.
Pitfield, Milton Keynes, MK11 3LW, UK
UKHW020918180726
13838UKWH00002B/611